「ただ一人残された家族として、義姉の咎はできる限り償わせていただきます」
「彼女の咎は彼女のものだ。だが今はローラ嬢の助けがほしい。私と共に城へ来てもらえるか」
「はい。義姉の尻拭いとして、そして何よりこの国のために、精一杯尽くさせていただきます」
レガート
クライゼル国の王太子。聖女で婚約者であるクリスティーナが逃げてしまうが——。
ローラ
ファルコット伯爵家の養子の少女。義姉《あね》が逃げてしまい、その尻ぬぐいをしなければと決意している。

「私の妻となるのは嫌か？」
じっと見つめられると、
途端に言葉が出なくなる。
殿下の瞳はいつも真っすぐで、
なんというか、逃げられないのに
逃げたくなるから困る。

「いえ、その、戸惑っているのです」

音楽祭でライバル対決!?
アンジェリカ・アルシュバーン
公爵令嬢
オリヴィア・サデンリー
公爵令嬢

奪ったのではありません、
お姉様が捨てたのです
佐崎咲
Illustration
祀花よう子

もくじ

プロローグ
ヒロインの逃亡 7

第一章
ヒロインという人 12

第二章
夢の中の婚約者と隣の王太子 73

第三章
私の欲しいもの、お義姉様の欲しいもの 153

番外編
王太子殿下の相談事 258

口絵・本文イラスト＊祀花よう子
デザイン・c.o2_design

# プロローグ　ヒロインの逃亡

その手紙はもぬけの殻になった義姉の部屋の中、机の上にひっそりと、けれど妙に存在感たっぷりに置かれてあった。

応接室で待っていたレガート殿下に急ぎ渡すと、読み始めてすぐにいつもの渋面になった。

『平民であったローラがファルコット伯爵家に来てから、お父様も、生徒会も、ドレスも奪われ、私のものではなくなってしまった。

ただ私は聖女として、生徒会副会長として、王太子の婚約者として務めることを強いられ、ひたすら努力をしてきたというのに。

もう私のものはすべてローラに譲ります。

ここに私の居場所はない。どうか探さないでください』

譲るも何も、王族でもない義姉に聖女や王太子の婚約者の指名権などないのだが。

私はため息を堪え、レガート殿下に向かって深く腰を折った。

「申し訳ありません。これまでも義姉がご迷惑をおかけし通しでしたが、このようなことになってしまったのはファルコット伯爵家の責任です」

「いや。なるようになったというだけのことだ、ローラ嬢が気に病むことはない」

私にあわせて慌てて頭を下げていた侍女のアンが、私と殿下の会話に戸惑ったように両者の顔をちらちら盗み見ているのがわかる。

まあ無理もない。

わが家に来たばかりな上に、義姉のお付きの侍女であったアンは私が『お花畑でわがままな義妹』だと聞かされていたようだし、『優秀な義姉から何もかも奪い、追い出した』状況にしか見えないだろう。

それなのに義姉の婚約者であるレガート殿下が何もかも諦めたように慌てもせず、しかも私を咎める様子もないのだから疑問に思うのもわかる。

しかしアンははっと我に返ったように声を震わせた。

「聖女であるクリスティーナ様がいなくなったということは、この国クライゼルを覆う防御壁はじきになくなってしまうのですよね？　そうなれば魔物たちに侵入されてしまうのでは……！　急いでクリスティーナ様を追いかけなければ」

「そうね。貴族の令嬢が一人で家を出て生きていくのは容易《たやす》いことではないし。手の空いている者はお義姉様《ねえさま》を探すよう伝えて。ただし、内密にね。聖女がいなくなったと知れ渡れば混乱が起きてしまうから」

義姉のベッドは冷たく、使われた様子もなかった。昨夜のうちにこの家を出たのだろう。

頼るあてもなく、王都のあたりをうろついていれば見つかることもあるだろうけれど、目的地に迷わず向かっていたら追いつける可能性は低い。

「で、でも、今はとにかく人手をかけてでも探さなければ、町に魔物が入ってきて大変なことに――」

「そのようなことにはならない」

「え？」

レガート殿下の落ち着き払った様子に戸惑うアンに、私は苦笑した。

「お義姉様がいなかろうと、この国は回っていくのよ」

「彼女のおかげというべきか――。既に準備は整っている」

だが義姉はそれを知らない。この国などどうなってもいいと投げ出したのだ。

私はレガート殿下に向き直り、改めて深く頭を下げた。

「ただ一人残された家族として、義姉の咎《とが》はできる限り償わせていただきます」

伯爵位を継ぐわけでもない私に償いきれるものでもないことはわかっている。

それでも、私は私にできることをするしかない。

「彼女の咎は彼女のものだ。だが今はローラ嬢の助けがほしい。私と共に城へ来てもらえるか」

「はい。義姉の尻拭いとして、そして何よりこの国のために、精一杯尽くさせていただきます」

苦境を救ってくれた義父のため、ひいてはファルコット伯爵家のためにとこれまでずっと義姉の尻拭いをしてきたけれど、これで最後だ。

殿下に続いて歩き出した私に、アンが慌てて声をかけた。

「で、でも、ローラ様は魔力をお持ちでは……」

「そうね。お義姉様の代わりに私が聖女になることはできないわ。でも、魔力がなくてもできることはあるのよ」

魔力もない。生粋の貴族でもない。私は義姉とは正反対で、何も持っていないけれど、それは何もできないということではない。

私は戸惑うアンに笑ってみせた。

「大丈夫よ。この国はそんなにもろくはないわ」

有能で、何もかもを持っていても、役目を果たそうとせず、無責任に全てを捨てて逃げ出す。そんな義姉に戻ってきてほしいと縋《すが》ることなどない。

私も、王家も、義姉に振り回されるのはもう終わりだ。

# 第一章　ヒロインという人

穏やかで安定した暮らしがしたい。

幼い頃から私の願いはただ一つだ。

平民として生まれた私は、美しさと優しさが取り柄の母と、剣の腕は立つけれど人が好《よ》すぎる父に育てられたのだが、二人ともとにかく生活力がなく、苦労の日々だったから。

一緒に暮らす叔母がいなければ、野垂れ死んでいてもおかしくなかったと思う。

父が町の子どもたちに剣を教えていくばくかの収入を得ていたけれど、下町には生活必需品以外にお金を払えるほど余裕のある家は多くなく、家計はいつも苦しかった。

けれど父は来る者拒まずでお金がない子にも教えていて、母もそんな父を咎《とが》めることはなく、不器用ながら繕い物をこなして家計の足しにしていた。

両親は隣国クレイラーンの出身だと聞いたことがある。生活基盤のないこの国で暮らしを立てるのは大変だったのだろう。

母は私にクレイラーンとクライゼル両方の文字を教えてくれたし、食事をする姿や所作も綺麗《きれい》だったから、どこかのお嬢様で、父と駆け落ちをしてきたのではないかと思っている。

叔母も、侍女だったのかもしれない。いつも母の世話を甲斐甲斐《かいがい》しく焼いていたし、容姿も似ていなかったから。母と私の髪はふわふわとしたオレンジ色でどちらかと言うと童顔。叔母の髪はさらりとした透き通るような金色で、どこか繊細な印象だった。反面、性格はさばさばしていて見た目との差がすごかった。

小さなぼろ家は壁にも屋根にも隙間が空いていて、冬や雨の日はどうするのかと冷や冷やしていたけれど、いつも叔母が魔法のようになんとかしてくれて、雨漏りにも隙間風にもあまり辛い思いをせずに済んだ。

せめて自分にできることをと考え、私は家の裏に小さな畑を耕し、野菜を育てていた。そのやり方を教えてくれたのも叔母だ。いつも野菜類しか口にしない叔母は、特に私が作った野菜を喜んで食べてくれた。

四人で過ごすそんな日々は幸せで、何にも代えがたいものだったけれど、長くは続かなかった。五歳の時に父が亡くなってしまったから。

母が働きに出ることになり、叔母も私もたいそう心配したけれど、運がよかったのは職場ですぐにファルコット伯爵に見初められたことだ。

これで暮らしの心配をしなくて済む。叔母も楽ができる。

そう思ったのに、叔母は母の幸せの邪魔になるまいというように姿を消してしまった。

私だって、血のつながらない子など修道院へやってしまえと言われてもおかしくはなかったけれど、義父は娘として家に迎え入れ、温かい食事とふかふかのベッドを与えてくれた。

こんな贅沢《ぜいたく》があるのかと感動し、食べるものの心配をしなくて済む生活に安堵《あんど》した。

でもそれは、両親が亡くなったり、離婚したりすれば失われてしまう。

だから決めたのだ。

自立して生きていけるようになろう、と。

義父は私をファルコット伯爵家の養女として嫁がせてくれるつもりだと言ったけれど、それが理由で断った。

穏やかで安定した暮らしが送れるかどうかは嫁いだ先の環境に依存してしまうし、平民生まれである私に良い嫁ぎ先が見つかる可能性は低い。『それでもいい』と判断した何らかのよろしくない事情があるのだろうし、持参金目当てか、他に嫁いでくる人間がいないか、私への求婚理由としてはそんなところになる。

たとえ私が平民生まれであることを夫となる人が受け入れてくれたとしても、その家族や親戚までそうとは限らない。

これまで悪意と策略が張り巡らされる社交界の中で、笑顔と正論で戦い自分の居場所を築いてきたけれど、結婚してまた戦わねばならないのは疲れる。

だから私は一人立ちするため、日々勉強に励んだ。伯爵家で受けさせてもらえる教育は積極的に学んだし、暇さえあれば本を読んだ。

だから三年前に母が亡くなったのをきっかけに家を出ようと思ったけれど、ありがたいことに義父はその後も私を置いてくれて、学院にも通わせてくれた。

ただ、その義父も昨年亡くなった。

ファルコット伯爵家を継いだのは、義父の弟。

今もそのままの生活を続けられているのは、義父が私のことを頼んでくれていたからだ。

義父の弟は、片づけやら手続きやらがあるからと、今もまだ家族と共に元の家に住んでいて、私がファルコット伯爵邸に住むのを快く許してくれている。

けれどそれは学院を卒業するまでの話。

その後私は平民に戻り、事業を興すつもりだ。

そうしたら、叔母を探して一緒に暮らしたいと思っている。

義父は悔いなく見送ることができたけれど、叔母には何も恩返しができていないままだから。

今も時間を見つけては探しているのだけれど、何の情報も摑《つか》めていない。

私の日々は、義姉がやらかす度に恩ある義父のため、ファルコット伯爵家の評判を落としてはならないと尻拭いに駆け回り、過ぎていった。

その結果があの置手紙である。

いつか義姉はお役目を投げ出してしまうのではないかと思うことは多々あったけれど、まさかすべてを捨てて家を出るとは思いもしなかった。

今振り返れば、一週間前のあの日に義姉は決意を固めていたのかもしれない。

その日私はいつものように義姉の部屋の前に立つと、深呼吸を二回繰り返し、笑顔を浮かべてから扉をノックした。

「お義姉様《ねえさま》、少しよろしいでしょうか」

——返事がない。

寝ているのだろうか。いや。これほど早い時間に眠りに落ちるほど義姉が疲れているわけがない。

「入りますよ？」

もう一度声をかけてそっとドアを開けると、義姉はソファに腕組みをして座っていた。もう休もうとしていたところなのか、いつも几帳面《きちょうめん》にぴっちりと結い上げている薄い茶色の髪は下ろされていた。

神経質そうなその横顔は壁をじっと睨《にら》んでおり、細く長い指は絶え間なく自らの腕をトントンと叩《たた》き、苛立ちを滲《にじ》ませている。

やっぱり帰ろうかな。

いやここで私が逃げるわけにはいかない。

なんとかその場に踏み留まると、義姉が不機嫌を隠しもせず「なに？」とこちらを切れ長の瞳で睨む。

「今日の生徒会でのことなのですが、あのように些末《さまつ》なことで申請を却下されては、本来の生徒会としての役目を果たせませんし、もう少し――」

「何を言っているの？　誤字脱字があるような書類を受け付けることなどできないでしょう。それではあの生徒のためにならないわ。そんな書類が増えたら他の生徒会役員とて困ることになるのだし」

いやあ……。書類って言っても、音楽室の私的使用許可申請なんだけどな。

内容に不備がなければ別に多少の誤字脱字があろうが、誰も困りはしない。文官になるのでもなければ彼女の将来に響くわけでもないし。

そもそも誤字と言っても、見る人によっては違う字に見えなくもない、という程度のことだ。前後の文脈もあるから読み取れるし、音楽室なんて他に借りたい人がいるわけでもないのだから、いちいち事を荒立てるようなことではない。

そしてそれよりも副会長としてもっと大事な仕事があるわけで、それらの優先順位だとか、時間配分だとか、予定だとか、そういったものを考慮して進めてほしいのだけれど。『真面目』で『有能』な義姉はそういう細かい粗ばかり見つけては訂正と謝罪を求め、長々と説諭し、それだけで時間を使い尽くしてしまうから、あらゆる仕事が停滞していた。

今日も義姉のお説教で時間は過ぎていき、生徒会長であるレガート殿下が遅れてやってきたところで、「きちんと書き直して再提出をしていただいたら、その時内容を確認いたします。今は内容を見るに値しませんので。忙しいのでこれで失礼いたします」と『却下』の決裁箱に入れて帰ってしまった。

事情を聞いた殿下は、それを拾い上げて目を通し、「こちらで問題ない」と判を押して『承認』の決裁箱へと入れた。

本来はそれだけの仕事なのである。

生徒は義姉から解放されたことと、無事承認を得られたことにそれはそれはほっとした顔をして、殿下に大きく頭を下げて部屋を出て行った。

やることなすこと、この調子。

義姉はたしかに真面目ではあるのだろうけれど、より相応しい言葉を選ぶなら、『単なる頑な』で、もっと言えば『他人にやたら厳しい』だけに思う。

それも筋が通った厳しさなら文句もないのだが、ああして本質ではないところでいちいち突っかかる。ただの性格の悪い人でしかない。

本人は至極真面目にやっているつもりなのだから、なお性質《たち》が悪い。

生徒会の仕事も、義姉が停滞させた分は仕方なく他の生徒会役員で手分けし、遅くまで残って処理することになる。

私は役員ではないが、義姉が迷惑をかけていると聞き、せめてと雑務を手伝わせてもらっている。

生徒会のことだけではない。

使用人にも同様に当たりがキツイから、義姉付きの侍女はすぐに辞めてしまう。

日替わりで持ち回りにしてなんとか被害の集中を避けようともしたが、義姉に「効率が悪い」の一言で斬って捨てられた。

侍女が定着しないほうがよほど効率が悪いのだから態度を改めればいいのに、義姉は『正しいことを言っているだけなのだから改めるも何もない』と聞きはしない。

使用人にもなんとか気持ちよく働いてもらいたいのだが、私が目に見えて使用人たちを庇《かば》うとお説教時間が倍になるから、裏でフォローするしかない。

そうして義姉はあらゆるところで衝突を起こし、人々の神経を逆なでし、仕事を阻害して回っていたから、私はその『多忙』な義姉が通った後を追いかけては尻拭いをして回るという日々を送ってきたのだ。

今日も『頼んだわよ！　彼女をどうにかできるのは身内であるローラだけなのだから』と多方面から託され帰宅したわけで、生徒会の件以外にも言わねばならぬことが盛りだくさんである。

だから義姉を怒らせて部屋を追い出されてしまうわけにはいかない。

生徒会のことは「明日は音楽祭についての話し合いだそうです」と伝達だけして終わらせた。

「それから、ディセール侯爵夫人から言伝を預かっております。『第三代王妃マリアンヌ様の日記』を明後日までに読了するようにとのことです」

そう伝えると、大きな大きなため息が返った。

「王太子妃教育で何故個人の日記などを読まなければならないの？　古くからそのようなやり方が受け継がれてきていて、誰も変えようとしないだなんて、思考停止しているわ」

「たくさんの危機に見舞われ、波乱万丈な人生を送られたマリアンヌ様の一生を通して、王妃に起こりうるあらゆる事態を想定して思考訓練を積み、議論を重ね、策を講じておくことで、有事の際に慌てず、瞬時に何通りもの策を立て、その中で最良と思われる行動を取れるようにする。という意図かと思いますが。有事に対して最初から最適解が用意できるわけではありませんし、状況によって取れる方法も最善も変わりますから」

私には王太子妃教育は無縁だが、貴族の一般教養としての歴史と政治の勉強をしていればそれくらいのことは察せられる。

「そんなことはわかっているわ。けれど日記よ？　非効率が過ぎるわ」

関連する事柄がまとめられている歴史の教科書と違うのはそこだ。

日記は順に日常を追っていくうち、後になってからあの時の失敗はこれだったのかとわかり、あの時にああしていれば、と後悔や反省を追体験することになる。そうならないために雑多な情報の中から大事な要素を拾い上げられるように訓練し、備えよということだろう。

だが義姉はそもそも歴史の勉強も『過去を掘り返したって無意味』と意欲的でないし、私が必要性を説いても納得はしなかった。だからとにかく肝を押さえてもらうしかない。

「でしたら要約されてはいかがですか？　次代、さらに次代と引き継いでいくことを考えれば、今ここで時間を使っても結果として効率的になるかと」

「そんな時間がどこにあるというの？　私はあなたと違って暇ではないのよ。そう言ったからにはあなたがおやりなさい」

「……はい」

結局こうなったか。

しかし文句を言ってばかりで王太子妃教育がまったく進まないとディセール侯爵夫人の胃を痛めさせてしまっているところでもあり、とにかく義姉には必要な教育を早々に受けてもらわねばならない。

それに、こういうのは慣れている。

この国では女でも家を継ぐことができるから、唯一の実子である義姉が後継ぎ教育を受けることになった時も、「何故淑女教育とあわせてこのようなことまで覚えなければならないのかしら。後継ぎとして一般的な内容といったって、すべてがファルコット伯爵家で必要になる知識でもないでしょうに。無駄が多いわ」という文句で家庭教師との時間は過ぎていった。

私も淑女教育は受けさせてもらっていたけれど、後継ぎには決してならないから「あなたはお気楽でいいわね」と義姉に冷たい目で見られてもいた。

義父が私と義姉にそれぞれ必要な教育を受けさせてくれた、いわば公平さゆえであり、義姉とて私が後継ぎ教育を受け始めたらそれこそこの家を奪うつもりだとかなんだとか騒ぐだろうに。

ただ、私は世話になる一方で伯爵家の役に立てていないというのも確かだ。だから、義姉の家庭教師から教育の予定を聞き、それにあわせて事前に要約を作っておくようにしたのだ。

義父にも掛け合い、ファルコット伯爵家として必要な知識や重点的に学ぶべきところを家庭教師と擦り合わせ、内容の見直しをしてもらった。

文句が尽きたわけではなかったが、それでなんとか大人しく教育を受けるようにはなった。

その後義姉はレガート殿下と婚約したから、結局その知識を使う時は来なかったわけだが。

当然義姉は時間を無駄にしたと文句たらたらで、耐えかねて「お義姉様よりよほど時間と労力をかけた私のほうが後継ぎとは無縁なのですが」と返せば、「あなたが勝手にしたことでしょう」と言われた。

まあその通りだし、領地経営で学んだことは事業経営に通ずるところもあるから、私にとっては無駄にならない。

義姉に何を言っても思ったような反応は返らず、無駄だったなと項垂れることは多いけれど。

「それから、明日の聖女のおつとめは必ず来るようにと――」

「ねえ。何故いつもそれらをあなたが伝えてくるの？」

それは、みんな義姉とは直接話したがらないからである。

長年付き合っている私だって苦労しているのだ。グチグチと文句を言うばかりでまともに聞いてくれない義姉に誰もが辟易《へきえき》していて、関わることを避けたがる。

できるなら私だって逃げたい。

「いつも多忙なお義姉様を煩わせまいと、皆様お気遣いくださっているのかもしれません」

なんとか笑顔でそう返すと、義姉はちらりと私に視線を向けて何度目かわからないため息を吐き出した。

「誰にでもそうしていい顔をして、取り入っているんでしょう」

「笑顔は潤滑剤ですので、出し惜しみはいたしませんの」

「そうして私の周りの人たちもみんな奪っていったものね」

「お義姉様と親しくされていた方とのお付き合いは今も昔もありませんが？」

「いつも人に囲まれているじゃない」

「それは事実ですが、もともと私の友人です。お義姉様はご自分の周りにいらした方の顔も名前も覚えていらっしゃらないのですか？」

答えはない。だが、それが答えである。

義姉はどんなに贈り物をされ、お茶会に招待され、ちやほやされても、顔も名前も覚えることがない。

王太子殿下の婚約者であり、生徒会副会長であり、次期聖女である義姉に近づくのは権力志向の強い人。そんな人たちだから、擦り寄っても無駄だとわかれば離れていくのは当然だ。

だがそんな人たちが次を探したとて、元平民で学院を卒業したらこの家を出て行く私に狙いを移すわけがない。

私の周囲にいる人たちとはただお喋《しゃべ》りが楽しいから自然と話すようになっただけ。互いに利益など求めていない。

「ローラなんて魔力もないし、ただ笑ってばかりのお花畑なのに。女はできない方がかわいげがあるってことなんでしょうね。あなたは甘えるのもうまいし、大きい目も口も、いかにも男好きのする見た目だものね」

「ありがとうございます。おかげで周囲の人たちに恵まれ、毎日楽しく過ごさせていただいておりますわ」

大変なことがないわけではない。元平民だから当たりは強かったし、今でも私を認めていない人はいるだろう。

だが義姉のようにため息と文句ばかりで人生を送るなんて私はまっぴらだし、笑って暮らす方がずっといい。

だから何を言われても、突っかかるのではなく友好的に接するようにしてきた。

『これだから元平民は……』なんて言われたくなかったし、『元平民なので不作法で申し訳ありません』なんて言うのも嫌だから、元平民だったことなど誰もが忘れるくらいにマナーもダンスも淑女教育も必死に学んだ。

嫌なことがあったって、面倒なことがあったって、全力でそれらを片付けたほうが後の人生が楽

しいと思うから。

今日も今日とて笑顔を崩さない私に、義姉は長い息を吐き出した。

「私には立場も能力もあるというのに、慕われるどころかこうして努力を強いられ、利用されるばかり。聖女も何もかもうんざりよ」

「利用って……。自分で立候補したのではありませんか。それなのに、聖女としての朝のおつとめも王妃殿下におまかせしてばかりで――」

「だって仕方がないじゃない。国のための聖女選定なのだから国民としては出るべきでしょう？　そこで高い魔力があると判定されたのだから、私がやらねば誰がやるのよ。けれど毎日朝早くからお祈りをして防御壁を維持するための水晶に魔力を注がなければならないなんて、何故たった一人でそんな重い役目を背負わなければならないの？　国のために一人だけが犠牲になるなんておかしいわ」

たしかに聖女の負うものは重い。だが義姉は正確にはまだ『次期聖女』であって、朝のおつとめとして小一時間ほど水晶に魔力を注ぐだけ。他は王妃殿下が現聖女として担っている。

ただ、そのように国の守りを一人に頼っている現状は危ういと思う。

聖女だって病気や事故に遭う可能性はあるし、敵国にとっては聖女の命さえ奪えば簡単に国を滅ぼせるわけだから、弱点ともなる。

「ですから聖女の在り方について国の重鎮の方々が話し合いを進めていて、お義姉様も参加を求められていらっしゃったのではありませんか。なのに何故最近はまったく出席されないのですか？」

「あんなもの、時間の無駄でしかないもの。最初に参加してすぐにそれがわかったわ」

「……というと？」

「砦《とりで》を増強して国境に兵士を配置すればいいと言っても、誰も聞く耳を持たないのだもの。空からの魔物の侵入は防げないし、戦闘となれば怪我をしたり命を失ったりと犠牲もあるから、魔力による防御壁の代替にはならないとか何とか文句ばかりで、本当に実現する気なんて誰もないのよ」

おまえが言うなであるが、代替にならないというのはたしかにその通りだ。

これまで安心安全に守られていたものを何故捨てなければならないのかと、国民は納得しないだろう。

レガート殿下も悩んでいたようで、ある時義姉をエスコートするためファルコット伯爵家にてお待たせしている間に話し相手になっていたところ、意見を聞かれた。

それで聖女一人ではなく国民全員で防御壁を維持してはどうかと話した。

魔力の有無やその強さを測るための水晶はこの国に一つしかないため、国民すべての魔力を測ることはできない。

だから十歳になった貴族の令嬢のみが儀式を受け、魔力が一定以上に強く、聖女として立つ意思がある者の中から選ばれる。

候補が貴族なのは、国を背負って立つ聖女にはある程度の教養が必要だということらしい。

それだけのことで、聖女とはいっても特別な力を持っているわけではなく、男にも平民にも魔力はある。

その中に義姉より魔力が強い人もいるかもしれないし、そもそも国民のほとんどが多かれ少なかれ魔力を持っているのだから、その力を集めれば聖女一人などよりよほど強い力となるはず。

いつ倒れるかわからない聖女一人に頼るより、各地の守りを自分たちによって維持でき、より安心が得られるのだと説けば、国民たちも協力してくれるだろう。

「しかし、レガート殿下もお義姉様と今後この国を支えていくからこそ、共に話し合いをと——」

「それよ。何故この国には王子がレガート殿下一人なのかしら。顔はいいけどそれだけで何の面白みもないわ。王子なのに無駄に鍛えてばかりで意味がわからないし、武骨で、何を考えているのかまったくわからないし、退屈でしかない。負うのは重責ばかりで、いいことなど一つもないのだもの」

武骨だとか、何を考えているのかわからないとか、まあそれはわかる。

だがいいことが一つもない、とは。

聖女となった直後から義姉が『聖女である私の他にふさわしい者がいるわけはないもの、私が王太子殿下の隣に並び立つ者として励まねば』と言って回ったからどこの家も手を引いたのだ。

聖女であることを理由に掲げている義姉をふさわしくないとすれば、現聖女である王妃殿下をも否定していることになりかねない。

王太子妃候補として火花をバチバチ散らしていた二大公爵家も、ファルコット伯爵家の娘が王太子妃になっても貴族の勢力図に大きな変化は起きないし、どちらの家からも出ないのならと納得し、早々に娘の婚約者を決めてしまい、王家は義姉に打診するしかなくなったのである。

生徒会副会長だって同じような流れで他に立候補者が出なくなり、信任投票で選ばれた。

本当にこの人はなんで『私がやらねば』なんて言い出したんだろう。

今言っている文句などすべて立候補する前から分かっていたことだと思うのだが。

心底首を傾げたくなった私の前で、義姉はつまらなそうに立ち上がった。

「いっそあちらから婚約破棄してくれたらいいのに」

「レガート殿下が婚約破棄?!　そんなことなさるわけがありません！　あれほどお義姉様に尽くしてこられたのに……。それにいまさらお義姉様の他に適任の方などいらっしゃいません」

本当に何もかもがいまさらである。

あれこれ文句ばかりで、やるべきこともやらない。いい加減にしろと腹が立つが、ぐっと堪えた。

ここで感情をあらわにすれば、義姉に攻撃材料を与えるだけ。

笑顔をひねりだすが、義姉はもう話は終わったとばかりに私に背を向けた。

ぽつりとした呟《つぶや》きが聞こえる。

「どうせもう関係ないわ。私の幸せは他にあるのだから」

「お義姉様？」

「なんでもないわ。今日はもう行って。疲れているの」

気になったがそう追い払われてしまっては諦めるほかない。


翌日になると義姉は何もなかったようにいつも通りだったから、まさか家を出るつもりだったとは思いもしなかった。

たしかに、こんな義姉だったおかげで聖女の代替について準備も整いつつあり、結果として国が危険にさらされることはなかった。

だが会議に参加していなかった義姉はそんなことは知らない。

それがわかれば『じゃあもう辞めた』と言い出す懸念があったから、重鎮たちは伝える時期を慎重に見計らっていたのだ。

義姉はこの国を滅ぼすかもしれないと思いながらも身勝手な言い分で逃げた。

そんな義姉に腹が立つからこそ、私はこの国を揺らがせてたまるかと、レガート殿下と共に義姉の尻拭いに駆け回ったのだ。

だが私は、義姉が放棄したのは聖女の役目だけではなかったということをすっかり忘れていた。

◇

義姉の尻拭いのために久しぶりの下町を駆け回り、古い知人と会い、目まぐるしく日々は過ぎた。

だからこうしてファルコット伯爵家にある応接室でレガート殿下と互いの進捗状況を報告し合い、問題なく物事が進められていることが確認できるとほっと一息つけた。

もちろん部屋には殿下の護衛騎士や側近もいるし、二人きりではない。

殿下は義姉の婚約者だった人だ。いつもお互いにその辺りはとても気を付けていたし、内々に婚約が解消された今もそれは変わらない。

空になったカップにお茶を注いでくれたのは、義姉がいなくなり仕事にあぶれてしまったアンだ。

アンは気まずげに私のドレスをちらちらと見ていた。

今はその日によって屋敷内の仕事をあれこれ手伝っているのだが、そうなってから同僚たちからいろいろと話を聞いたのかもしれない。

まあ、先ほど殿下の来訪にあわせてドレスを選んでくれた時に私の衣裳《いしょう》部屋に入ったから、さすがに誤解は解けただろう。

「私がお義姉様のものなど奪っていないとわかってくれたのね」

急に話を向けられたアンは戸惑っていたものの、頷《うなず》き、おずおずと口を開いた。

「いえ、あの……はい。これまでそうして奔走していらっしゃるローラ様のご様子をうかがうにつれ、お花畑……、いえ、その、クリスティーナ様の言葉との乖離《かいり》に戸惑うばかりだったのですが……。衣裳部屋に入らせていただき、鵜呑《うの》みにしていた自分を恥じました」

義姉の衣裳部屋には溢《あふ》れんほどのドレスが並んでいたはずで、対して私は必要最低限のものを揃《そろ》えているだけ。

わかりやすいのは数だけじゃない。

「そもそもがクリスティーナ様とローラ様のお召しになっているものを見ればすぐにでもわかることでしたのに、その、申し訳ありません……」

私のオレンジ色の髪はふわふわで、目が大きく、背が低いのもあって幼く見える。

対して義姉は薄茶色の長い髪をいつも結い上げていて、切れ長の目で大人びた顔立ちに、スラリとした長身。

そんな義姉のドレスを私が着たら笑いものにしかならないし、どれも滑らかなラインの落ち着いた色合いばかりだから似合うわけもない。

私の衣裳部屋にあるのは明るい色にふわふわとしたもので、義姉には媚《こび》を売っているようなドレスだと嘲笑されたけれど、私は持っているものは最大限に活かすのがモットーで、自分が一番魅力的に見える格好をする。

生まれ持ったものはどうにもならないけれど、それを汚点とするか美点とするかは自分次第だ。

「別にアンは私に何も言っていないでしょう。謝ることはないわ。お義姉様は多忙だったから、代わりに私が侍女と一緒に贈り物やドレス、装飾品などの管理をしていたの。お義姉様にはそれが奪われたように見えたのでしょうね」

義姉は他人から贈られた物などどうせ趣味ではないと言って見向きもせず、お礼もしない。だが、ファルコット伯爵家としてそんな失礼を放っておくわけにはいかない。

加えて、届いたドレスは一度合わせてみてほしいと言っても袖も通さなかったから、以前採寸したドレスに合わせて着丈を直し、義姉がいつでも着られるように整えてある。

目録と見比べればそれらが一つとて欠けることなく義姉の衣裳部屋に仕舞われていることはわかるはずだ。

たくさんあるからこそ奪ってもわからないと思ったのでしょう？　と義姉は言うが、他人に対しては合理的じゃないと批判するのに、自分は思い込みだけで会話が終わり、確認すればわかるのにそれすらしない。

「彼女は私が贈ったドレスも奪われたと言っていたが、それをローラ嬢が着ているところは一度も見ていない。彼女が着ているところも見たことがないがな」

ドレスは人に見られる場で着るものであり、誰かに贈られた物を私が身に着けていたらすぐに露見するわけで、奪っても自分に不利益しかないことはすぐにわかる。義姉の中では私はそんな愚を犯すほど『頭がお花畑』らしい。

お父様を奪ったとかファルコット伯爵家を奪うつもりなのでしょうとも言われたことがあるのだが、義父とは血が繫《つな》がっていないし、実際にファルコット伯爵家は義叔父が継いでいる。

昨年亡くなった義父は二年前から病床にあり、義姉は現実を見たくなかったのか、本当に亡くなってしまうとは思ってもみなかったのか、同じ屋敷の中に居ても見舞いに訪れることはなかった。

そんな義姉に代わって領地や家のことなど、義父の仕事を手伝っていたのを『奪われた』と取ったのかもしれないけれど、だったらせめて病床の義父に一目顔を見せてくれたらよかったのに。

実の親子だからこそ複雑な思いもあったのだろうが、だからといって私に八つ当たりしないでほしかった。

なんでもかんでも私に奪われたと言うが、義姉が捨てただけ。

ただ、義姉にとって私は突然現れた邪魔者でしかないし、私にかけてもらった費用は本来、一人娘である義姉のものとなっていたはず。そういう意味では私が義姉から奪ったというのは正しい。

義父は公平に分け与えてくれたけれど、私は伯爵家に何の利益ももたらしてはいない、ただのお荷物だ。だから何かを与えられてもそれは借り物で、いつか返さねばならないと思っていた。

そもそも欲しいものがあればいつか自立して自分で手に入れるのが筋だし、何かにつけて奪われたと騒ぐ義姉を見ていると物欲なんて湧きようもなかった。

義姉にとっては、有能で生まれながらの貴族であるから、称賛されるのも、与えられるのも自分というのが当たり前なのだろう。

だから義姉も欲しいとは思っていなくても、私が持っているように見えるのは許しがたいのかもしれない。

「彼女の言動はいつも不可解ではあったが。すべてをローラ嬢のせいにして家を出るとはな」

「ドレス以外は何をどうやって私が奪ったという理論なのか見当がつかないのですが。生徒会だって、義姉がつかえな……げほっ、多忙な分、私はお手伝いをさせていただいていただけでしたのに」

「それは、生徒会役員たちがローラ嬢の意見を頼りにしていることに気が付いていたからだろう」

「私は会議には参加しておりませんが……」

「だがあれこれ手伝いをしながら雑談をしていただろう？　会議の内容に触れることもあったし、ローラ嬢の意見はいつも的確だった。仕事も早く、他の役員の動きを見て必要な立ち回りをさりげなくしてくれるから、やりやすかった。だから彼女よりもよほどローラ嬢に生徒会役員であってほしかったと、役員たちがぼやいているところを何度か私も聞いている」

義姉もそれを聞いていたのかもしれないし、なんとなくそういうものを察したのかもしれない。

謎は解けたが、スッキリはしない。

尻拭いのつもりでしてきたことが義姉には奪われたように見えていたのだとしたら、今までの私はなんだったのか。脱力である。

「先日、義姉が自分の幸せは他にあるというようなことを言っていたのです。きっと、すべてが嫌になった……というか、義姉からするとおそらく『誰も彼もが話を聞きもしない。こんなことを続けていても無駄だわ』とすべてを投げ出すに至ったのかもしれません」

「そうだろうな。だが聖女のお役目がどうのとか王太子妃の教育がどうのとか手紙に残せば、王家を批判しているようにも捉えられる。だからローラ嬢のせいにした、というところか」

たぶん、なんだけど。

義姉は自分が『有能』で『真面目』であることにとても誇りを持っているようだったから、優秀な自分が聖女になり、王太子妃になり、生徒会副会長を務めねばならないと思っていたのは本当なのだと思う。

けれど実際なってみたら大変なことばかりで、とても追いつかなくて、ピリピリして、それで周りに当たり散らしていたのだろう。

いや、他人に厳しいのは前からだったけれど、近頃は倍増していたから。

もちろんそんな態度では何事もうまくいくわけがなく、どうにもならなくなって、逃げだしたくなったのだと思う。

けれどただ逃げたら批判が自分に向くから、全部私のせいにしたかったのかもしれない。

もしそうだとしても、義姉にその自覚はないだろうし、単純に私が嫌いだっただけかもしれないけれど。

殿下も、私も、生徒会の人たちも。

みんなが義姉を支えようとしていたのに、義姉にとってはそれすらも自分を信用されていないように感じてしまったのかもしれない。

やればできるのに、周りが邪魔をするから悪い。そういうことにしたかったのかもしれない。

まあ、そんなのは私の勝手な想像だ。本当のところは義姉に聞いてみなければわからない。

また会うことがあるかはわからないけれど。

「私のしたことが逆効果になっていたかもしれないと思うと、義姉の暴走と併せて、改めて申し訳なく思います。ご迷惑をおかけしました」

「いや。ローラ嬢が謝ることはない。どれだけ尽力してくれていたかは私も両親もわかっている。彼女がしでかしたことを放置していたら被害が拡大するばかりだった」

壁際に控えている護衛騎士や側近まで、うんうんと深く頷いてくれている。

理解してもらえるのは共に駆け回った同志でもあるからだろう。そのありがたさに思わず笑みが浮かんだ。

「せめて、私自身に魅力でもあれば彼女も出ていこうとはしなかっただろうにな」

「いえ！　殿下は魅力的です！　紳士的ですし、義姉にも細やかな気配りをしてくださっていましたし」

「彼女は騎士団に交じって訓練を積む私に『その筋肉は何に使うのですか』などと嫌そうな目を向けるばかりだった」

「それは……」

義姉の好みは爽やか王子系で、レガート殿下と正反対だったことは否めない。

レガート殿下は幼い頃から剣の腕を磨いている。

婚約が決まった二年前はまだ少年らしい体つきだったのだけれど、殿下はみるみる間にもりもりの筋肉を身につけられた。

加えて短い黒い髪に黒い瞳はどこか厳めしく、近寄りがたい雰囲気があるからなおさらだったのだろう。

「有事となれば戦場で指揮をとることもあるから、鍛えることは王子としての務めではある。だが彼女からしてみれば、今は平和で国家間の争いもないからなおのこと無駄に見えたのだろう。いつも『合理的ではない』と批判していた彼女らしい」

「合理的なことばかりが国のためによいとは言えません。備えとはいわば無駄でもあるかと思いますが、平和がいつまでも続くとは限りませんし。国のため一心に励んでおられる殿下が王となられることは、国民にとっても安心であるはずです」

国を守るためには備えが必要で、またそれが抑止力ともなる。合理的と言ってなんでもそぎ落とせばいいわけではない。

何より殿下は剣を振るのが性に合っているのだろう。

剣を持つとき、レガート殿下の厳めしい表情は変わらないながらも、どこか嬉々《きき》としているのははた目から見ていてもわかったから。

それを無駄だなどと、何のお役目も果たしていない義姉が言うことではない。

「貴族の令嬢たちにも『武骨』『顔が怖い』『表情筋だけ鍛え漏れていて何を考えているのかわからない』などと言われているのは知っている」

知っていたのか。

だがそれとこれとは話が別なような。鍛えているから表情筋が死んだわけでもあるまいに。

「熱狂的な支持者もおられますよ」

「筋肉だけを偏執的に崇められても嬉《うれ》しくはない」

たしかに。

いつも『隠れ筋肉最高！』『スマート筋肉とごりごり筋肉が入り交じる騎士団の中で主張しない筋肉をもって無表情で無慈悲に剣を振り回しているのが最高に萌《も》える』などなど囁《ささや》き交わしながら殿下を遠くから見守っている令嬢の一団がいるのだが、殿下は国のために強くあろうとしているのであって、筋肉を育てているわけではないのだから、そこを褒められても複雑だろう。

「殿下はいつも義姉に真摯に向き合い、気遣ってくださり、誰に対しても誠実で、国のためにと駆け回ってくださっていることも存じております。妻を守る夫として、国を守る王太子として、これ以上ない方だと思います」

義姉の非礼の代わりにはならないけれど。

本心から告げた私の言葉を、殿下は淡々と受け入れた。

「そうか。そう言ってくれるならば、婚約者に逃げられた王太子としても浮かばれる」

「義姉がそのような不名誉を負わせてしまい申し訳ありません――。この国と王家を支える一助となれるようできる限りのことをさせていただきます」

ファルコット伯爵家を継ぐでもない、平民生まれの私がとれる責任なんてないけれど、尻拭いが終わったとしても、力を尽くす所存だ。

「何度も言うがローラ嬢が責任を感じる必要はない。だが——その覚悟はあると思っていいのだな?」

「もちろんです」

「後で『やっぱりそれは無理』は聞かんぞ」

「え」

何故そこまで念を押すのか。

そんなにじっと見られると不安にならないでもない。

何か見落としや忘れていることがあったろうか。

私がこれからしなければならないことを頭に思い浮かべ整理し直してみたが、大変だけれどどやってやれないことはない。大丈夫なはずだ。

「いえ。義姉のようなことは申しません」

「そうか。それなら安心だ」

珍しくレガート殿下がにっと口角を上げるから一層不安になったけれど、すぐに何もなかったようにお茶を飲み始めたから私はそのまま流してしまったのだ。

◇

それから殿下とはこまめに状況を共有し合いながらそれぞれの役目をこなした。以前から検討がなされ話も煮詰まっていたおかげで大きな問題が起こることもなく、各所との連携も思ったより順調に進んだ。

「やっと一通りの道筋はつきましたね」

「ああ。ローラ嬢の尽力のおかげだ」

「義姉のしたことの最後の尻拭いですから」

城の廊下。

国王陛下と王妃殿下への謁見に向かうため、レガート殿下の三歩後ろについて歩いていくと、ややしてぽつりとした声が返った。

「――最後ではあるかもしれんがな」

その含んだ感じは何でしょう。

私が聞き返す前に殿下が続けた。

「ローラ嬢もこれで彼女に気遣いをする必要がなくなるな。学院でも成績を抑えていたし、彼女よりも目立つことのないように振舞っていただろう」

気づかれていたのか。

子供の頃から少しでも義姉より優れているところがあると、『平民生まれでお花畑なあなたの実力なわけがない。ズルをしたのでしょう』とうるさかったし、そう思うのは義姉だけではないとわかっていたから、学院で成績優秀者として名前を貼り出されないように気をつけていたのだけれど。

「今後も気をつけるつもりです。気になさるのはお義姉様だけではありませんので」
「そういうものか」
「そういうものです」

義姉はどんなに口でこき下ろしてきても物理攻撃に及ぶことはなかったけれど、他の令嬢たちはその限りではない。

私が学院に通う目的は知識を吸収することで、誉めそやされることではないから、教科書をビリビリに破られて授業に支障をきたすより、波風立てず穏やかに生きたい。

「たしかにやっかむのは彼女だけでもないだろうが、ローラ嬢ならなんとでもなるだろう」
「買いかぶりですよ」
「そうでもない」

なぜあなたが否定するのか。

どう答えたものか戸惑っていると、珍しくレガート殿下の渋面が崩れ、ふっと笑う。

「彼女がローラ嬢を悪く言うのを真に受け、『頭がお花畑で義理の姉をいつも困らせている』などと言う者がいても、ローラ嬢は笑顔をやめるのではなく、自分からぐいぐい突っ込んでいってわからせていただろう。逃げも隠れもせず、仕方ないと諦めることもせず、悪評を自ら覆していく姿は見ていて爽快だった。

「人に誤解されたままなのは嫌ですから」

アンは言葉に出さなかったから直接反論も訂正もしなかったけれど、どう思われているのかはわかっていたし、屋敷で働いてもらう以上は反感や不信感をそのままにはしておけない。

一度しか会わない相手にはその場で理解してもらう必要があるけれど、共に長い時間を屋敷で過ごすアンには私自身を見て自分で判断してもらえるよう、行動で示していくしかなかったから、わかってくれてほっとしている。

上下関係のある私からアンに一方的に正当性を主張することは、かえって疑念を生み、悪印象を覆すまでにより時間がかかってしまうこともある。

生徒会でも義姉が振りまいた外聞のせいか、最初は悪い印象をもたれていたなと思い出し、ふと気づいた。

「そういえば、空いてしまった生徒会副会長は立候補者を募るのですか？」

「いや。ただでさえ仕事が滞っているからな。推薦で即戦力を入れる」

「そうですよね。どうせ数ヵ月で新学年になって、役員も決め直しですし」

「あとは私の婚約者だが」

「次は殿下を支えるに相応しい方が選ばれることでしょう」

義姉が責任を放棄した結果のことであり、迷惑をかけてしまった手前言えることではないけれど、先を考えればこの国のためにはこれでよかったのだと思う。

「――ああ。その話だが、ローラ嬢に聞きたいことがある」

「なんでしょう」

「筋肉は嫌か」

やはり気にするところはそこらしい。

令嬢たちは筋肉で覆われた体から放たれる威圧感で身がすくむと言うが、不思議と私はそう感じたことはない。

ぴっちりとした訓練着でも着ていれば別だが、普段は筋肉なんて服に隠れてわからないし。

見つめられると何故だか言葉に詰まることがあるけれど、それは筋肉がどうこうとはまったく関係ない。殿下のこちらを見つめる黒い瞳があまりにまっすぐだから、だと思う。

「先ほども申し上げた通り、殿下のその筋肉は国のために鍛えたがゆえの結果であって、義姉やその他の令嬢の風評など気にする必要はありませんわ」

「ローラ嬢自身はどう思うのか、聞かせてほしい」

「私の一意見など参考にならないかとは思いますが……。何事もないよりあったほうが良いのではと」

誰も彼もがレガート殿下を語る時に筋肉筋肉と口にするから気になってしまうのだろうけれど、殿下は筋肉だけの人ではない。

むしろこういう実直さや、国や人を思う姿こそが王太子として、一人の人として尊敬できるところなのに。

「では、相手が何を考えているのかわからないと嫌か」

それも気にしていたのか。

たしかに殿下は表情があまり動かないし、そもそも言葉も多くない。

王族が感情を露わにしてはいけないのだろうけれど、近く接する側としては神経を使うというのが正直なところだ。

ただ、相手を知ればその限りでもないように思う。

「誰でも相手の気持ちを推し量るのは難しいものですし、わからないと悩むことはあると思いますが……。結婚となれば先は長いのですから、いずれ殿下の誠実さも伝わっていくことでしょうし、気にされることはないと思いますよ」

「なるほど。では極力思っていることは伝えるとしよう。他に結婚相手に望むことはあるか？」

「いえ、別に」

「何もないのか？」

「私は結婚なんて考えたことはありませんでしたから、他の方に――」

「では今考えてみてくれ」

なぜに。

「平民として下町で育った私の感覚や価値感でお答えしてもあまり参考にはならないかと思います し、他の方に聞かれたほうが」

「他に聞くべき者などおらん」

「すみません」

殿下、女友達とかいないもんな。

遠くから筋肉を崇める人か、筋肉が怖くて遠巻きにする人のどちらかばかりだし。

「とは言いましても、結婚となっても何をどうしたらいいのかもわからないですし、戸惑いしかありません。ですから、そうですね、ゆっくりでお願いします、というところでしょうか。一生を共に過ごすのですから、仲良くいたいとは思いますが」

「正直に伝えつつ、抑えなければならないのか……。塩梅《あんばい》が難しいな。だがわかった。心がけよう」

「あの、私の感想など義姉と同じくらいあてになりませんからね？　それと、結婚はお互いがあってのことなのですから、殿下だけが相手に合わせなければならないということではないと思います」

「そうだな」

「お互いに自然でいられるのが一番ですし。まあ、そうもいかないものなのだろうとは世間のご夫婦を見ていればわかりますが」

義姉に合わせながらも鍛えることはやめなかったように、自分をもった上で相手に寄り添える殿下ならどんな相手でもうまくいくのではないだろうか。

殿下は歩きながら、「自然で、か」とぽつりと繰り返した。

「そのように考えこまずとも、殿下なら大丈夫です」

そう微笑めば、レガート殿下はぴたりと足を止めた。

そしてくるりと私を振り返る。

「ローラがそう言ってくれるのなら、私のできる限りで幸せにできるよう力を尽くそう」

真っすぐな瞳で、そんな風に言ってもらえる婚約者は幸せだろう。

頑張ってください、というのもどこから目線だよという話だなと言葉に困り、ただ微笑みを返した。

再び歩き出した殿下の三歩後ろについて歩きながら、これまで苦労してきた分、殿下が今度こそ幸せになれますようにと心から祈った。

「国境への兵士の配置は済んでいる。砦の建設も機能的なところは終えているから万一のことがあっても持ち堪えるだろう」

「先程、守りの水晶もグニールに届いたと連絡がありましたので、これですべて配置できましたわ。あとは来週、陛下の演説を皮切りにして、各地の領主と城から使いにやった者とで人々に話を広めていくだけ。じきに新たな防御壁が広がることでしょう」

向かいに座る国王陛下と王妃殿下がそう話すのを、何故私はレガート殿下の隣で聞いているのか。殿下はあちら側ではないのか。

気にはなったものの、ようやっとここまで来たとほっとした気持ちが湧き上がる。

今は現聖女である王妃殿下が防御壁を維持しているが、今後は物理的な守りとしての砦と兵士の配置、それらを覆う新しい防御壁の二層でこの国を守っていく。

各地に守りの水晶を配置し、それらに国民たちが祈り、魔力を注ぐことで国全体を覆うように防御壁を広げる。

これまで国民たちの命は聖女一人に委ねられていたが、聖女が病気になったら、事故に遭ってしまったらと心配する必要もない。

今後はそれを自分たちの力で維持していくのだ。

それぞれがそれぞれの住む場所を守ることによって、地域の一体感も高まることだろう。

「レガートもローラも、よくやってくれましたね。最悪の事態を招かずにすみ、何よりもこの国の守りはより盤石となりました」

王妃殿下にそう労われ、私は恐縮した。

準備が進んでいたとはいえ、義姉が突然いなくなったせいで急がねばならなくなったのだから。

当然お二人にも多大な迷惑をかけている。

「ありがとうございます。しかし義姉のしたことは――」

「ローラだけが気に病むことではないわ。私にも、次代の聖女にクリスティーナを選んだ責任があります」

「レガートの婚約者に彼女を選んだのも、我々の責だ」

王妃殿下と国王陛下にかわるがわるそう言われて、私は一層恐縮するしかない。

「そう言っていただけることを心からありがたく思います。ですがやはり、義姉を諫《いさ》め、役目を果たすよう促すことができなかったことは事実です」

私程度の人間がとれる責任など多くはない。

それでも覚悟を決め再び頭を下げると、口調を改めた国王陛下の声が響いた。

「誰の責であるかは置いておくとして、クリスティーナがいなくなったことは事実だ。我々としてもローラには一つ頼まれてほしいことがある」

思わず顔を上げると、笑みを湛《たた》える王妃殿下の隣で国王陛下が厳めしい顔を作り、言った。

「ローラ・ファルコットよ。わが子レガートを支え、共にこの国を守っていってほしい」

「はい、もちろんです。できる限りの力を尽くさせていただきます」

そう答えると、王妃殿下はにっこりと笑った。

「ありがとう。ではレガートの婚約者として、今後もよろしくね」

聞き間違いかな、と思った。

反射的に隣に座るレガート殿下を見るが、慌ても驚きもしていない。

どういうことだ。

殿下は知っていたのか。

なら何故教えてくれなかったのか。

「いえ、私は平民の生まれです。ただの後妻の連れ子で、ファルコット伯爵家とは血の繋がりもございませんし、現ファルコット伯爵とは無関係ですから平民に戻りますし――」

「問題ない。現ファルコット伯爵の養女とするよう話がついている」

いつの間に。

そんな話も聞いていない。

呆気《あっけ》にとられる私の前で、王妃殿下は楽しそうにふふふと笑った。

「あなたは行動力もあって、発想力もある。クリスティーナは『聖女一人が犠牲になるなんておかしい』と文句を言うだけだったけれど、あなたは見えていなかった問題点を指摘し、具体的な対策を提案し、実現までこぎつけた。宰相や騎士団長など名立たる者たちが集まる中でも臆することなく、けれど和をもって、方々との調整もつけた。そのような人に王妃となってもらいたいの」

「いえ、あの、私は――」

何も私がすごいというわけではない。同じことを思っている人は私以外にもいたはずだ。

普通だったら聖女なんていらないなどと言えるわけがないし、すらすら代案が出てきたら何かを企んでいたのかと怪しまれかねないから、うかつに口には出せない。

私はただ義姉の婚約者であるレガート殿下に意見を求められ話す機会があっただけ。

もし下手なことを言っても、レガート殿下ならそれを咎めるようなことも大事にすることもないだろうと信じられたし。

「農地改革のことだって、聖女の祈りの代わりに作物に肥料を使えるよう、どの作物にどの配合がいいかまでまとめてくれたでしょう。この国にはそんな知識はないもの、大変だったはずよ」

国民の祈りを捧げる守りの水晶はあくまで国の防御壁の維持のためのもので、豊穣《ほうじょう》の祈りの力はない。

元々義姉は『放っておいたって作物は育つでしょう？　実りが悪いならもっとたくさん植えればいいだけなのに、何故聖女が祈らなければならないの？』と文句ばかりな挙句、多忙を理由にまだ修行にも入っていなかったから、王妃殿下が休まずおつとめを続けるしかなかった。

しかし豊穣の祈りは心身の負担も大きいようで、いつまでも王妃殿下が担えるわけではない。

放っておいて作物が育つわけではないし、たくさん植えるだけの土地と労力は誰が捻出するのかということを義姉は考えもしない。働けば働くだけ食料が必要になり、いくら作物が育っても中身がすかすかなのでは体に栄養は行き渡らず、農家が疲弊するだけだ。

それで他国では一般的である肥料を使った作物の栽培方法を提示したところ、それを国民に広める役割を私が担うことになった。

作物が育つには時間がかかるから、急ぎ広める必要がある。幸いにも事業とするつもりでいくつかの作物にあう肥料も研究し資料はまとめてあったから、急ぎ商会の取り纏《まと》めをしている連合長に話しに行った。そこから取引のある業者を通じ、農家に話を繫げてもらう。

だがそれだけではただの押し売りに思われてしまう。だから、実際に私の作った野菜を食べてもらい、いくつかの農家にも直接話をしに行くと、私に少なからず農作業の経験があることがわかったからか、感触は悪くなかった。

それから各地の領主に集まってもらい、水晶の説明をするのと一緒に肥料についても伝えた。事業として考えていた時とは違って、国策だから稼ぎに差が出ないよう、偏りなく広めることも重要だ。今後も各地の様子を見ていかなければならない。

「他国では当たり前のことばかりですし、それを調べただけのことですから」

叔母に教えてもらったことを下敷きにしてはいたが、他国の農業については本で調べてあったというだけ。この城にも他国の文字が読める文官はいるし、本を見ればわかったことだ。

「けれど、ローラ自身がこの国の気候に合う野菜を調査した結果もあったじゃない」

「あれは趣味のようなものですし」

「趣味で書き上げた内容ではない。あれは事業計画書の抜粋だろう。卒業したら事業を興すつもりだったのではないか？」

「それは……ですが、義姉がこの国を危機に晒《さら》した罪を償うにはそれでも足りませんから。それに、聖女の祈りのように確実でも均等でもありませんので、土地や作物によって試行錯誤が必要で、私がまとめたのはまだまだ一部でしかありません。途上なのです」

安定的な供給は難しくなるから、備蓄にもこれまでより力を入れなければならない。

農作業には手がかかるようになるから国民たちに受け入れられるには時間がいるだろう。

だがこれまでは自国の作物で十分賄えていたから他国からの輸入が少なく、国民たちは質の違いを知らずにいただけ。王家主導ということもあってか、思ったよりも反応はよく、順調ではあった。

私が事業にしようと思ったきっかけもそこにある。自分で育てた野菜とこの国に出回っている野菜があまりに違ったからだ。

伯爵家で出される料理はどれもおいしかったのだけれど、素材の味こそが物を言うサラダだけは下町の家で私が作った野菜のほうがおいしかった。

それに、野菜の味を補うようにどの料理も味付けが濃い。

生まれた時からそれを当たり前のように食べていた義父たちは何も思わなかったようだが、私はなんだか物足りず、何より義父にもおいしい野菜を食べて欲しいと思い、伯爵家の裏庭の一画を借りて、以前のように野菜を作り始めた。

義父は喜んでくれて、それが嬉しくて、もっとおいしい野菜を作りたいと本を探したけれど、この国では聖女の祈りがあったから農業の研究が発展しなかったのか、そういったものがなかった。

けれど隣国クレイラーンの文字で書かれた本には、叔母が教えてくれたような肥料を撒《ま》いたり、土を改善したりといった方法が載っており、私は試行錯誤を重ねながら研究した。

そうして作った野菜を食べていると、肌荒れやちょっとふらふらするというような体調の悪さが落ち着くと言って、使用人たちにも評判だった。

それで気が付いたのだ。以前からこの国では皮膚病や貧血などが多く、風土病かと思われていたけれど、口にする作物に栄養が足りていないことが原因だったのではないかと。

だから、肥料や土地にあった作物を育てて売り、そのおいしさや栄養が認められるようになったら、育て方を教えて収益の一部をもらい、事業化しようと考えた。

栄養だけでなく味も段違いであるとわかれば、まずは富裕層向けに取り入れる人が出てくる。

そこで私のお花畑笑顔で培った人脈を使い、そのおいしさを広めてもらえば、一般向けも余裕がある農家から取り入れ始めるだろう。

そういう算段だったのだが、病気も減るかもしれないのなら国策として国中に広めたほうが有用だ。

どこに行ってもおいしい野菜が食べられるようになったら、人付き合いの面倒なパーティーに参加するのも楽しくなる。

「作物を育て試行錯誤するというのは、並大抵ではない時間がかかっているはずだ。それでもなお個人の益より国の益を取るなど、誰にでもできることではない。そなたは義姉の尻拭いと言うが、それこそもはや、前ファルコット伯爵が亡くなった時点で縁も切れているだろう」

そういえばそうだった。だがまだ一緒に暮らしてもいたし、目の前にいた人がやらかしたことを他人事として知らぬ顔はできない。

何より当人から名指しで私のせいだと置手紙されていることでもあるし。

しかし、なんだかとっても褒めて褒めて囲い込まれている気がする。素直に喜べない。

「ですが、話が王太子妃ということですと、高位貴族の方々が黙っておられないのでは……」

そう口にすると、王妃殿下は何故かにこりと笑った。

「逆よ。アルシュバーン公爵家とサデンリー公爵家には年頃の令嬢がいるけれど、どちらの家から選ぶことはできない。これまで均衡を保ってきた力関係が一気に崩れてしまうもの。だからクリスティーナを選んだことはローラも知っているでしょう？　それがローラに代わるだけよ」

「何より、生まれもったものや立場で王太子妃を決めれば誰もが容易に納得してくれるが、減らせるのは軋轢《あつれき》だけで、結果としてこの国のためにはならぬ。今回のことでそれがよくわかったからこそ、中身が伴った者に立ってもらいたいのだ」

「いえ、その、そうは仰られても……。元は平民である私が選ばれたとなれば、それこそ大騒ぎになるのでは」

「納得させるのですよ。あなたが」

無茶ぶりきたー。

「なーんてね。いまやローラは『救国の賢女』だもの。誰も文句なんて言えるはずがないどころか、あなたを差し置いて他にふさわしい人などいないわ」

救国の賢女とか。

どうやらお二方は国民への演説で『次代聖女が病に倒れた。王妃も聖女としてはもう長くもたない。そこに次代聖女の義妹が大改革をもたらし――』という筋書きを考えているらしいのだが、そんなお茶目に言われても、畏れ多いばかりだ。

「誰もが納得する家柄だろうと、それだけではこの国を守ってはいけぬ。この国では王が亡くなればその子が育つまで王妃が女王として国を治めねばならんのだからな。本来王妃に求められるべきものがなんなのか、ローラから学び取り、高位貴族たちにも今後そのように励んでいってもらわねばならぬ」

だめだ。話が大きすぎる。頭が追い付かない。

顎髭《あごひげ》をしごく国王陛下に王妃殿下も「その通りよ」と大きく頷く。

「ただ行儀マナーと知識だけを詰め込んで、あとは他人を蹴落とすことに注いでいた力を別のところに向けるようになれば、貴族全体がよいものに変わっていくことでしょう」

「そのような重責を負いきれる気がいたしません……！」

真っ青であろう私に、王妃殿下はさらににっこりと笑みを増した。

「では、こう言いましょう。『聖女であり、王太子の婚約者であったクリスティーナ・ファルコットが役目を放棄し逃亡したことによる国民の動揺は避けられない。聖女に対する信頼が揺らいだ今、それに代わり国を支える力が必要であり、その知見を持つローラ・ファルコットは王太子妃として立つに相応しい。この国の危機を好機に変え、さらなる繁栄に尽力することを命ずる』」

今度は脅しがきた。

「本当はこのような言い方はしたくないけれど。あなたにはこのほうが楽でしょう？」

小首をかしげて微笑む王妃殿下に唖然《あぜん》として何も言えないでいると、国王陛下がゆっくり諭すように口を開いた。

「この国は今、重大な転換点にいる。良くも悪くもこれまでの王家の考えに則ってきたレガートだけでは乗り越えることはできないだろう。そなたのように既存の枠組みにとらわれず、実利を考えられる人間が必要なのだ」

義姉がいなくなり、その尻拭いが落ち着けば今度こそ穏やかで安定した生活が送れると思っていた。それが王太子妃だなんて真逆に位置する。

何より自分は平民で、義姉ですら私が王太子妃の座を奪うつもりだなんて言ったことはない。考えたこともなかったのだろうし、それは私も同じだ。

「――ありがたい、お言葉です。ですが、お時間をいただけませんか？」

「わかった。ではこの場で十数えよう。一、二――」

それはお時間と言えるのでしょうか。

いやそんなことを考えている場合ではない。十の間に考えなければ。

しかし、命令までされたわけで、これは断れる話なのか？

というか、断ったらどうなるのだろう。

お二人のことだから悪いようにはしな……いや、いくら優しくしてくれているとはいえ、一国の王と王妃だ。

そもそも義姉がやらかしたことは事実で、貴族の均衡がとか言われるとたしかに――

「――九、十」

早い！

え、今、五から飛んでこなかった？

「ということで、よいな？」

しかし国王陛下にそう問われれば、「はい。謹んでお受けいたします」と観念するほかなかった。

「よかったわ！　前から思っていたのよ。ローラが娘になってくれたらなって」

王妃殿下はパチンと手を合わせ、それは嬉しそうににこにこと笑みを浮かべた。

確か王妃殿下は侯爵家の三女で、陛下との結婚も子供の頃から決まっていたわけではなかったため、結婚前はわりと自由に過ごしていたと聞いたことがある。

あまり堅苦しいことが好きではないとも言っていたし、私となら気安く話せると思ってくれているのかもしれない。

しかし。

なんだか結果として義姉の手紙の通りになっていないだろうか。

いやいや、奪ったのではないし、義姉が捨てたから私に割り当てられただけなのだが。

だが私は引き受けた以上はきちんとまっとうする。義姉のように捨てたりはしない。

覚悟を決める私の隣で、殿下が私に合わせるように深く頭を下げた。

「全身全霊をもって、ローラ・ファルコットと共にこの国を繁栄させていくと誓います」

この落ち着き様。

やっぱり知ってましたよね？

思わず凝視すると、それに気づいた殿下が私を振り向き、ふ、と口元を緩めた。

殿下。その微笑は何ですか。

「うむ。では早速、演説の際に新たな婚約者のお披露目をするとしよう」

「え……早すぎません?!」

「いくら国の守りは万全だといっても、聖女であり、王太子の婚約者であるクリスティーナがいなくなったという衝撃に国民は不安を抱くだろう。それに代わる『めでたいこと』が必要だ」

「案ずることはないわ。あなたの笑顔に国民たちも心から安心し、祝ってくれることでしょう」

なんだか逃げ道を絶たれている気がしたけれど、承諾した以上は否やはない。

「国民のみなさまが安心して私にまかせてくださるよう、精一杯務めさせていただきます」

いまさら前言撤回なんてしない。けれど、そんなあっさり開き直れるほどおめでたい頭はしていない。

正直に言って、不安しかない。

御前を辞すとうろたえる気持ちが蘇《よみがえ》り、頭はずっとぐるぐるするばかりで。

気づけば歩き出したはずの殿下がぴたりと足を止めていた。

私たちの間には三歩の距離。

「怒ったか？」

私の沈黙をそう取ったのだろう。

そう問われて、やっと言葉が出た。

「それは先程この廊下でされた質問の意図がどういうものであったかによります。そもそも、私が王妃殿下から聞いていると思い、いきなりあのような質問になったのですか？　それとも私が知らないことはご存じの上での質問だったのですか？」

「ローラにはまだ言ってはならぬと口止めされていた」

やはり。

勝手に言えないことはわかるが、当事者としてはやはり事前に聞いておきたかった。

「話したら動揺するだろう。そうすれば周囲に打診があったとわかってしまう。その状況で断れば非難の目が向くと考えて、ローラは断れなくなるのではないか？」

「……たしかに。ですけど、どちらにせよ、あれでは断れるわけがありません！」

「私の妻となるのは嫌か？」

じっと見つめられると、途端に言葉が出なくなる。

殿下の瞳はいつも真っすぐで、なんというか、逃げられないのに逃げたくなるから困る。

「いえ、その、戸惑っているのです。事業を興して一人立ちをと、そればかりで結婚なんて考えたこともありませんでしたから。確かに王太子妃ともなれば生活には困りませんし、事業にこだわりがあるわけでもありませんが……。ただ、その先にやりたいこともありましたので」

「それは王太子妃となってはできないことなのか？」

「そういうわけではありませんが、個人的なことに時間は割けなくなるかと」

「そんなことはない。立場があるからこそできることもあるだろう。何をしたい？　私もローラの望みは極力かなえたい」

殿下の真っ直ぐな瞳に捉えられ、私は悩みながらも小さく口にした。

「叔母を……探したいのです。伯爵家に引き取られる前、私と母の負担になるまいとするように姿を消してしまい、今どうしているのかもわからなくて。幼い頃のわが家を支えてくれていたのは叔母ですので、その恩返しがしたいのです。作物の育て方を教えてくれたのも叔母でした。下町での暮らしは大変なことばかりでしたけれど、叔母がいてくれたから毎日を安心して楽しく暮らせたのです」

下町の長老でも知らないだろうというほどに博識で、寝物語に隣国クレイラーンの歴史などをまるで見てきたかのように話して聞かせてくれて。

どんな苦労も笑い話にしてくれた。

そんな叔母が今どこで何をしているのか、せめて無事でいるのかだけでも知りたい。

「そうか。ローラはいつも自分のやりたいことよりも、他者のことばかりを考えるのだな」

「私はいつも人に助けられて生きてきましたから」

どこかで野垂れ死んでいてもおかしくない人生だったと思う。

実の両親だって貧しい暮らしの中でも私を捨てるようなことはなく、いつでも優しく守ってくれた。叔母なんて、こんな暮らしはごめんだと逃げ出してもよかったのに、ずっと家族の暮らしを支えてくれていた。義父も私を育てる義理などないのに、ファルコット伯爵家の娘として、恵まれた衣食住や教育を与えてくれた。

その人たちのおかげで今の私があるから。

「それならば、王太子妃となったほうが打てる手も増えるだろう」

「でも、手掛かりも何もないのです。これまでも探していましたが、国内にいるかどうかもわかりませんし。だから店を始めれば、いろいろな話も入ってくるでしょうし、偶然会うこともあるかもしれないと思っていたのですが」

叔母は何か目立つ特徴があるわけではないし、年を経て容姿も変わっているかもしれないから、誰かに頼むとしても渡せる情報が少ない。だから自分の目と耳で探したいと思っていた。

「わかった。それなら民の暮らしを知るためという名目で共に町に下りよう」

「え？」

「私も共に探す」

「いえ、でも、これは私の個人的なことで」

「ローラに望みがあるのならかなえたいし、憂いがあるならば取り払いたい。これから共に生きるのだから」

そんな風に言われるとは思ってもいなかったし、もはや『私の願いは自由で穏やかで安定した暮らしを送ることなので王太子妃などその正反対まっしぐらです』とは言えなくなった。

どうしよう。

「王太子妃になるなど、自由を奪われるに等しいことだと感じているのだろう？　だがその分の自由は私が与える」

なぜかバレている。

「だからこれからは私の隣を歩いてくれないか」

陛下に了承を告げた後だ。いまさら後には引けないこともわかっている。

何より、真摯な目でそう言われて断れる人がいるだろうか。

「――はい」

小さくそう答えると、レガート殿下の口元が嬉しそうに緩んだ。

私は慌てて続けた。

「ですが、殿下はそれでよいのですか？」

「私はローラしか考えられない」

「え……？」

「父上と母上も言っていたように、ローラとの結婚はこの国が生まれ変わり、長く続いていくためにも必要なことだ」

なんだ、そういうことか……と納得しかけてさらりと挟まった『も』にドキリとする。

「私は、ローラとなら意見を交わし合い、互いに高め合うことができると思っている。私にない発想を与えてくれるローラは、気づかぬうちにこの国に溜《た》まった膿《うみ》とも言うべき課題を解決する手助けともなるだろう」

生徒会室では、堅実な殿下と多少の不利益はあってもそれを乗り越えた利を取ろうという私の意見は対立することが多く、議論が白熱し、言い合いのようになることもあった。

だから殿下がそんな風に言ってくれるとは思っていなかった。

私のために言ってくれているのだろうけれど、期待値が高すぎて逆に怖い。

どう答えたものか戸惑う私を、レガート殿下がいつもの淡々とした表情でじっと見つめた。

「ローラはクリスティーナに言ってくれたことがあったな。夫婦とは互いに助け合い支え合うもので、一人では難しいこともこなしていけるのが理想なのではないかと。だからもっと歩み寄れと。私もその通りだと思う。私一人ではどんなにいい発想も潰してしまいかねないが、ローラならきちんとそれを育ててくれる。だからこそ、共に歩みたいと思う」

そう言って、殿下が静かに三歩の距離を詰めて目の前に立ち、私は思わず息を止める。

「だから。夫となる者として疑いようのない愛を示し、ローラを何者からも守り、今度は逃げたいなどと思われないよう努める」

早速逃げたいのはどうしたらいいいだろうか。

距離が詰まれば詰まるほどそわそわして落ち着かない。

しかしじっと見下ろすまっすぐな瞳に根負けするように、気づけば私は再び小さく「はい」と返事をしていた。

「いえ、あの――」

とはいえ、こんな距離にすぐ慣れるものでもない。

殿下の体温が伝わってくるようで、そわそわする。

殿下は鍛えているから体温が高いのだろうか。

それとも私の体温が上がっているのか。

だってこれまで義姉の婚約者であったレガート殿下とは決して近づきすぎないよう気を付けていたし、他の男性だって私を結婚相手として見る人はいなかったから、そんな距離にいたことはない。

すぐに目を逸らすと、殿下がゆっくりと歩き出した。

ついくせで三歩離れるのを待っていると、すぐに殿下が足を止め、私の手をそっと引いた。

優しく、壊れ物を扱うように繋がれた手が急激に熱を帯びる。

汗で滑ったらどうしよう。

あれ？　こういう時って、腕をとるものなのではなかったっけ。

繋いだままでよいのか、熱いのか冷たいのかもはやわからないその手をどうしたらよいのかわからず、心拍数がやたら高いなと数えていたら、がちがちに固まっていた私の手はそっと解放された。

急に風に触れた手はひんやりと感じて、私は思わず自分の手を包んだ。

ふと、殿下とは歩幅が違うのに、私は普段通りに歩いていることに気が付いた。

殿下が私に合わせてゆっくりと歩いてくれているのだ。

まるで先ほどの言葉を証明するかのように。

より落ち着かなくなってしまって、必死に頭を巡らせ、話題を探す。

そうだ。結局答えを聞きそびれていた。

「先ほどの質問ですが。婚約相手が自分であると私が知る前に聞いたのは、黙っておいて言いくるめるつもりだったのか、先に私が嫌じゃないかどうか探りたかったのか、またはその他か、どれですか」

「どれも、だな」

おい。って言ってもいいだろうか。この国の王太子相手に。

だがおかげで調子が取り戻せた。

「一番は、決まってからではローラが文句など言わないだろうと思ったからだ。先に聞いておきたかった」

たしかに。

決まった以上、殿下のこんなところが嫌だなんて言えないし、言いたくもない。

自分なりに前向きに対処していくほうがいい。

「でも自分が当事者だと知らずに答えたのですから、無効です」

「そうか。どこが違う？」

言われて、考えた。

本当にレガート殿下と婚約することになった今では、うまく頭がまわらない。

うまく想像できないし、戸惑いしかない。

こうなると、やはり冷静なうちに聞いておいた殿下は正解だったのかもしれない。

ぐう、と答えに詰まる私を、気づけばレガート殿下が見下ろしていた。

その口元に小さく笑みが浮かんでいることに気づき、思わずむっとする。

「私が慌てているのを楽しんでいらっしゃいます？」

「いや？　それほどの余裕はない」

殿下が？　いつもと変わらず泰然としているのに。

「婚約者になったからと言って、無理に変わる必要はない。もちろん求められる役割というものはあろうが、それもローラ一人でやろうと思わなくていい。私がいる。嫌なことや文句があればいつでも言ってくれ」

「文句なんて……」

そこまで言ってもらえて、文句なんてあるわけがない。

実直で、誠実で、だからこそ不器用に見えるところもあるけれど、何より私の気持ちを考えてくれているのがわかる。

しかし、流れるように自然と『ローラ』と呼ばれているような。

いつからだったのか、いっぱいいっぱいだったから気づきもしなかった。

はっと顔を上げれば既に馬車止めまで来ていて、殿下が手を差し伸べてくれた。

「送ってもいいか？」

聞かれて、少し考えたものの頷く。

まだ戸惑いが大きくて、話すべきことを話せた気がしない。

とはいえ、何を聞くべきか、何を言うべきか、まだまともに頭も整理できていないのだけれど、なんとなく離れがたかった。

殿下の手を取り馬車に乗り込むと、向かい側に殿下が座った。

義姉の置手紙を見つけて城に向かう時もそれぞれの馬車に乗ったし、同乗するのは初めてのことだ。

だから何を話せばいいのかがわからない。

殿下は私にない視点を持っていて、尊敬できる人であり、今後の国のことや生徒会のことなどを議論するのもとても楽しく、いくら時間があっても足りないくらいだったけれど、二人きりになることはなかった。

これまで殿下は義姉の婚約者だったから、常に周りの目を気にしていた。

いつも笑顔を貼り付けたお花畑に見える私が殿下の傍にいたら、それこそ義姉ではなくともいいようにはとられない。

何よりレガート殿下の評判を貶《おとし》めるわけにはいかないと、生徒会室も他の役員の人たちがいない時は決して踏み入らなかったし、家で義姉が殿下を待たせてしまう間におもてなしする時も必ず侍女や殿下の護衛が同席していた。

歩くときだって、決して隣には並ばない。

私だけじゃない。殿下も同じように配慮していた。

それだけ義姉を大事にしていたのだ。

婚約者として、義姉に疑われるような行動はしてはならないと。

レガート殿下は元々口数が多くないから、沈黙も苦ではないのだろう。

時折「ラルーの花が咲く季節だな」とか、「もう日が暮れるな」とか話しかけてくれるけれど、私は「はい」と返すばかりで話は広がらない。

私が話題を提供しなければと思うのだが、これまで培った社交経験が今日はまったく活きてこない。

そのうち、しんと沈黙が流れていることに気が付き、私は不意に顔を上げた。

斜め前に座る殿下は、顎に手を当て真剣に何事か考えこんでいた。

「殿下？　どうされたのですか……？」

「こういう時に選ぶべき話題は何かと考えていた。感想を告げても同意か否定が返れば会話は終わるだろう。かといって答えに窮するような問いを投げてはこれも考えるための無言が続いてしまう。だから広がりのある話題とするためには、どのような語り掛けが有効かと」

相変わらず真面目で武骨な殿下に、私は思わずふっと笑ってしまった。

突然のことにどうしたらいいかわからなくて、不安だった。

だけど、殿下は殿下だ。関係性が変わっても、殿下自身が変わるわけじゃない。

まだ私たちは婚約者になったばかりで、殿下だって戸惑いがあるに違いない。

これから一緒に私たちらしい形を探していけばいい。そう思うと肩の力が抜けた。

「そうですね。私もわかりません。私たちはこれまで、国の話や生徒会のことばかりで、他愛無い話などしたことがありませんものね」

「そうだったな。これからは他愛無い話も、日々の話も、私としてくれるか？　まだ何を話せばいいのかもわからんが」

その言葉に私が再び笑い、「はい」と頷くと、レガート殿下の目が優しく細められた。

初めて見る顔に驚いて、私は思わず顔を俯《うつむ》けてしまった。

少しずつ慣れていこう。そう思ったのは本心だけれど。

殿下は筋肉ばかり取り沙汰されるが、実はとても顔がいい。

そんな人がそんな風に柔らかく私を見る目に慣れることはできるのだろうかと、秒で自信を失った。


いちいち顔が赤らまなくなるといいのだが。

このまま面と向かっているのは恥ずかしすぎる。

そんな風に私はいっぱいいっぱいだったから、殿下が小さく、ふ、と笑ったのを風の音だと聞き流していた。

# 第二章　夢の中の婚約者と隣の王太子

その後、レガート殿下と共に現ファルコット伯爵が家族と住む屋敷へと向かい、婚約を受け入れたことを報告した。

義父よりさらに温和な人で、義姉が迷惑をかけたのに私を責めもせず、婚約のことも「それだけの働きをしたのだから謹んで受けなさい」と笑って祝福してくれた。

さらには、今日はお祝いだと言って伯爵の家族も揃《そろ》って、レガート殿下と共に夕食をご馳走《ちそう》になった。

そうして祝われていると、なんだかふわふわしていたものがやっと現実のこととして捉えられるようになった気がしたけれど、その日はなかなか眠りにつけなかった。

二日後。迎えに来てくれたレガート殿下と共に久しぶりに学院へ行くと、ざわめきと共に迎え入れられた。

驚き、というよりも好奇の目が向けられているところからすると、既に私とレガート殿下の婚約は知れ渡っているらしい。

覚悟していたような厳しい視線は不思議とあまり感じず、拍子抜けした。

私が緊張していて周囲の様子がよく見えていないせいかもしれないけれど。

殿下と並んで廊下を歩きながら必死に話題を探したけれど、共通の話題というと義姉のことか国のことになってしまう。

どちらも人の目も耳もある場所ですべき話ではない。

他愛もない話とは考えても出てこないものなのだなと身に染みる。

結局会話らしい会話もないままに別れ、久しぶりの授業はついていくのに精いっぱいで、あっという間に昼休みとなった。

今日は生徒会役員が集まり、空席となってしまった副会長候補について話し合うこととなっていた。

私は役員ではないけれど、義姉のせいで迷惑をかけてしまったことをお詫《わ》びするため向かう。

これまでも多忙を理由にほとんど出席しない義姉の代わりに、私にできる雑務があればとお手伝いさせてもらっていたのだけれど、今は殿下も多忙でずっと来られず義姉もおらずで、かなり仕事が溜《た》まっているらしい。

少しでも役に立たねばと気合いが入る。

生徒会室には既に役員の方々が揃っていて、世間話などをしながら昼食を食べていたところだった。

「皆様、この度は義姉が突然諸々の任を降りることになり、またそのせいでレガート殿下まで長らく学院に来られなくなってしまい、ご迷惑をおかけしました」

義姉は急遽《きゅうきょ》療養生のため領地で暮らすことになったと説明することになっている。

深々と頭を下げた私に、朗らかな声がかけられた。

「ローラ様、久しぶりにお会いできて嬉《うれ》しいです！　大変だったでしょうけれど、お元気そうでほっとしましたわ」

書記のアリア様が眼鏡の奥の目を優しく笑ませて、私の手をぎゅっと握った。

迷惑ばかりかけているというのに、他の方々もにこにこと私を迎え入れてくれて、心底からほっとした。

「ローラ様もまずは昼食を。こちらの席が空いておりますわ」

「ありがとうございます」

手を引かれ、にこりとお礼を言ったものの若干戸惑う。

促されたのは、義姉の席。つまりはレガート殿下の隣だ。

「さあさあ、どうぞどうぞ」

にこにこと席を勧められ、なんとかこちらもにこにこと笑みを浮かべて殿下の隣へと腰を下ろす。

何故みんなこんなにも笑顔なのだろう。

何だか見守るような生温い視線ばかり感じるのは何故だろう。

「遅かったな。授業の時間が延びたのか？」

殿下に問われ、「いえ……」と言い淀《よど》む。

「廊下を歩く度にいろんな人に捕まりまして、どういうことかとあれこれ事情を聞かれておりました」

なるほど、と一同が頷《うなず》く。

「しかし、義姉から奪ったと糾弾されるのではと覚悟していたのですが、朝から昼に移るにつれて鋭い視線も感じなくなりましたし、今はただひたすらに好奇の目を向けられている気がします」

「そりゃね。あんな朝みたいな二人を見て、裏でそういう仲になってたんだろうなんて勘ぐる奴はいないよ」

もう一人の書記であるマーク様がそう言うと、再び殿下を除く一同が、うん、と頷く。

レガート殿下だけは何故だか窓の外に目を向けていた。

「え。どんな風に見えて……」

「あのう。私、待ちきれないのですけれど。お二人のこと、お聞きしてもよろしいのでしょうか」

え、待って、気になるんですけど。

しかし殿下が答えるほうが早かった。

「お披露目はまだ先のことではあるが、既に決定事項だ。口外して問題ない。ということで、私とローラは婚約した」

「やはり噂《うわさ》は本当でしたのね！　おめでとうございます」

私と殿下は意見がぶつかり合うことも多く、激論を交わすこともあったから、そんな二人が婚約だなんて噂を耳にしたときはきっと驚いただろうに、口々に祝ってくれた。

説明は一言で終わったが、アリア様や他の方々の『好奇心』という目の輝きはおさまっていない。

「ご結婚はいつされるのですか？　やはりローラ様が卒業されてからですか？」

「ああ」

「ローラ様は再びファルコット伯爵の養女となられるのですか？」

「その通りだ」

レガート殿下の短い返答に慣れている生徒会の面々は、臆することなく質問を投げてくる。

私が口を挟む暇はなく、すべてレガート殿下が淡々と答えていったのだけれど。

「ローラ様が聖女の代わりとして各地を飛び回っていると聞いたのですが」

その質問にはさすがに私から答えた。

今後は聖女に頼らない方法で国を維持していくことになった話をすると、それぞれ思うところがあったようで、なるほどと頷き、考え込むように静かになった。

「考えてみれば、たった一人の聖女という存在に国の守りを依存するなど恐ろしいことですよね。今回のように急病にかかることもあれば、事故で亡くなってしまうことだってありえますし」

聖女には何人もの護衛がつけられるものの、どんなに大事に守っても完全に死を避けられるわけではない。

「クリスティーナ様のご病気は心配ですが、いつかは変わるべきことで、現聖女である王妃殿下がいらっしゃるうちに準備を整えられたのですから、国にとってはよい結果となったわけですね」

「そう言っていただけるとありがたいのですが。義姉が並々ならぬご迷惑を」

「ローラ様が気に病まれることはありませんわ。クリスティーナ様のご病気はローラ様のせいではありませんもの」

アリア様がさっぱりと言うと、会計のジョアン様が鼻で笑った。

「もともとクリスティーナは生徒会だって多忙だなんだとほとんど仕事なんかしてなかったし、来たら来たで余計な仕事を増やすばかりだったしな。限られた役員でやってるんだ、そのうちの一人が機能しないってことがどれだけ大変なことか、あの人は理解しようともしない。聖女で王太子の婚約者なんだから、多忙だなんて最初からわかってたことを、やれもしないのになんで副会長に立候補なんかしたんだよ」

「ジョアン、落ち着いて……」

「それどころか、来るものみんな文句をつけて、あれで仕事をしてるつもりだったんだから恐ろしいよな」

「文句を言えば相手の上に立った気になれるしね。お手軽に『仕事してる感じ』だけ味わってたんだよ」

マーク様まで鼻で笑うと、ジョアン様がしげしげと私を見た。

「ローラ嬢もよく長年あんな人に付き合ってたな。尻拭いに駆け回ったりしないで、ほったらかして報いを受けさせればよかったのに」

最初は私も外でそんなことが起きているとは知らなかったし、義姉にどう対応すればいいかもわからなかったから、何もしていなかった。

「義姉があちらこちらでやらかすうちに、悪評が立つようになりまして。それを義姉は私が噂を流したのだと責めるのです。何の話やらさっぱりだったのですが、私がぽかんとしていると、『かまととぶって、あなたはわが伯爵家に置いてもらいながら私を追い出したいの？』とますます怒りが増幅しまして」

「なるほど、そう思うわけか。立場だけで人を判断する人間だったからな」

鬱々とした気持ちを思い出して頷き、続けた。

「迷惑を被った方が義姉に直接物申しても、まったく話が通じないようで怒りは解消されず、『あなたのお義姉様《ねえさま》、なんとかしてくださらない?!』と私に怒りが飛んできまして。それでいろいろとお話を聞きまして、気づけばファルコット伯爵家の評判も下がっていましたし、これでは義姉に一族心中させられてしまうと、尻拭いに駆け回らざるをえなくなったのです」

義姉は真面目に見える。そのせいか彼女がそんなことをするわけないと悪評を私のせいと信じる人もいた。

義姉に正面から私は何もやっていないと反論してもまったく聞く耳を持たないし、そんな日々に疲弊して、現状打開のため尻拭いに駆け回るようになったのだ。

それなのに義姉はあらゆる場面でその『真面目』さを発揮し、『私がやらなければ』と暴走する。

いきなりお茶会を開くと言って名だたる家に招待状を送っておきながら、何もしないのも困ったものだった。

たまりかねてどうするつもりかと問えば、準備は使用人がするものでしょうと横目で睨《にら》む。

使用人に対して指示もせずに『察して勝手に動け』はない。

丸投げするならするで先に言ってほしい。

既にお茶会の日が間近に迫る中、私はどんな招待を誰に送ったのかも知らなかったから慌てて確認し、招待客に合わせたもてなしを準備しなければならず、当日を無事終えるまで、失礼をしてはいないかと肝を冷やしっぱなしだった。

「まあ聖女に王太子の婚約者、生徒会副会長と名乗りをあげておきながら仕事を放棄するくらいだもんな。意欲だけ無駄に高いとか迷惑この上ない」

「今後は仕事が進むようになるでしょうから、心機一転、新しく副会長を迎え入れてここを乗り越えていきましょう」

笑顔で晴れ晴れとしたアリア様の言葉に、役員たちは揃って頷いた。

そしてなぜか、一斉に私を見た。

「ってことで、前々からクリスティーナの尻拭いで生徒会に顔を出しては手伝ってくれていたローラ嬢に入ってもらうのが一番だと思うんだが」

　そう言い出したのはジョアン様だが、またもや役員たちは揃って頷いた。レガート殿下もだ。

「え。いえしかし、平民生まれの私が副会長など、皆様納得しないのでは」

「国王陛下がその能力を認めた人間を認めないなんてこと、ないだろう？」

「それだと聖女である義姉を否定するのは王妃殿下を否定するのと同じことになると言って次々お役目に選ばれたのと同じ論理になってしまうような……」

「いや、全然違う。クリスティーナが王太子の婚約者に選ばれたのは聖女だったからだが、そもそも聖女に選ばれたのは魔力の高さが理由だ。だけどそれと生徒会副会長に適任かどうかなんてまったく関係ない。『有能』って評判もあったが、それの元ってローラ嬢だろ？」

　答えに困る私を無視して、アリア様がうんうんと頷く。

「そうよね。クリスティーナ様はいつも、さも『私、忙しいので』というようにテスト前の隙間時間に要点をまとめられたノートを見て勉強されていらっしゃいましたけど、ノートの字はローラ様のものでしたもの。学年も違いますのに、ローラ様は先の授業までご自分で勉強されていて、しかも要約というのはしっかり内容を理解していないとできないことですから、あれはローラ様のほうが有能だと周囲に知らしめているようなものでした」

　まさかそんなものを学校に持って来ていたとは。

義姉は私が多忙な義姉のためになにかすることは当然だと思っていたから、誰かに見られることを恥ずかしいとも思わず、隠そうともしていなかったのだろう。

「ローラ嬢が殿下の婚約者に選ばれたのは、文字通り有能だからだ。そんなローラ嬢が正式に生徒会に入ってくれれば俺たちも楽にな……、安心だと思ったわけだ」

「ローラ嬢ならやれるでしょ？　結局彼女の仕事をしてたのはローラ嬢なんだから」

マーク様にも言われ、ひたすら戸惑う私に、アリア様がにっこりと笑いかける。

「お手伝いしてくださっているローラ様にも参考までにとよく意見を聞かせていただいていたでしょう？　その度はっとさせられ、いつしかローラ様のご意見をあてにしておりました。人の話を聞いた上で自分の意見も言えて、周りと考えをすり合わせていける人はなかなかおりませんわ」

「クリスティーナは主張と批判ができることを有能だと勘違いしてたから、いたずらに議論を引《ひ》っ掻《か》き回してばかりだったしな。ローラ嬢は流れを読みながら軌道修正したり、全体の意見から、それならこうしたら？　って整理したり。そういう人間がいると楽……、ちゃんと議論になる」

ジョアン様。先ほどからずっと本音が隠せてませんが。

もう一押しとばかりにマーク様が言い添える。

「それに、ローラ嬢って見た目はほわほわしてるけど、実際頭がキレるよね」

「そのように揃ってお褒めいただくと、恐縮を超えて、みなさま今さら新しく選ぶのが面倒なのでは？　なんて思ってしまいますが」

「それはあるよね」

「ですよね」

知ってたけど。

マーク様は正直でよろしい。

アリア様もてへってて。まあかわいいからよろしい。

ジョアン様もあらぬほうに目をやっているし、レガート殿下は、なんとくつくつと笑っている。

あまりに珍しくてつい見入ってしまったけれど、はっとして居住まいを正した。

「粉骨砕身、みなさまのお役に立ちたいと思っているのは本心です。ただ、その肩書きは私には――」

「文句を言うなら、他に相応しい人を探してきてよ」

頭の後ろで手を組んだマーク様に言われ、言葉に詰まる。

たしかに文句を言ってばかりでは義姉と同じになってしまう。

「わかりました……。少しだけお時間をいただけますか？」

「二日だ」

ジョアン様に言われ、ちらりとレガート殿下に目を向けると、頷きが返った。

「じゃ、それまではお手伝いでお願いね。クリスティーナ嬢の尻拭いをさせたいとかそんなんじゃなくて、とにかく仕事が回らないから。よろしく」

マーク様に「はい」と返事をすると、予鈴が鳴り響き、その場は解散となった。

立ち上がった殿下が私の頭にぽん、と手を置いた。

「私はローラが適任だと思っているがな。納得のいくようにやってみるといい」

押し付けるのではなく、見守ってくれる。

そんなレガート殿下だからこそ、この人のために頑張りたいと思う。絶対に嫌だと固辞したいわけではない。

しかし、元平民であることでいろいろと言われてきた身からすると、ただでさえ私がレガート殿下の隣にいることで反感を買っているだろうに、さらに生徒会副会長になるなど火に油を注ぐのではないかと恐ろしい。

誰もが納得する人が他にいるのだから、まずはその人に聞いてみるべきだ。


翌日。そう思い、義姉と同じ一つ上の学年の教室に向かったのだが。

「お断りするわ」

「えぇ……」

一言ですげなく断られ、思わず情けない声を上げてしまった。

生徒会副会長になってほしいと頼みに行ったのは、炎の公爵令嬢と対をなして語られる、氷の公爵令嬢オリヴィア・サデンリー様。

常に成績も上位で、とても理知的なオリヴィア様なら適任だと思ったのに。

「当たり前でしょう？　第一、他の役員のみなさまは私がその任に就くことを望んでいるの？　大方、あなたが副会長になれと言われて、平民の自分には相応しくないからと断ろうとしているだけでしょう」

見ていたのですかと言いたいくらいに言い当てられ、言葉に詰まった。

「拍子抜けしたような顔ね。『あなたなんか相応しくないわ！』とでも言われると思っていたのでしょう。でも誰も言わない」

「その通りです……」

「だって、あなたと関わると面倒なのだもの」

「面倒!?　私、何かしましたっけ」

思わずぐるぐると考え込む。

「昔からそうよ。あなた、陰口を聞くとその人のところにすたすた歩いていって、その場で『それは違いますわ』ってにこにこと論破していたじゃない。見当違いで根拠のない批判にも感情的になることなく相手の文句が出尽くすまで一つ一つ潰して。そのうち大体の人が『あの子と関わるのはやめるわ。面倒くさいもの』と敬遠するようになったのよ。それにあなたは間違ったところがあれば素直に認めて謝罪していたから、『話してみたら悪い子じゃないのね』って見方を変えた人もいるし」

「誤解は早々に解いたほうがその先が過ごしやすいと思いましたので……。そういえば最近はあまりあれこれ言われなくなったと思っていましたが、みなさん私に辟易《へきえき》されていらっしゃったのですね」

まあ、認めたというほうが正しいかもしれないけれど、とオリヴィア様が小さく呟《つぶや》いたのが聞こえて、なにそのツンデレ！　と胸がときめいてしまった。

冷静で理知的なオリヴィア様にそんなことを言われ嬉しくて舞い上がってしまいそうなのをなんとか宥《なだ》めた。

「『平民風情が！』とか『この泥棒猫！』とか謗《そし》られることを覚悟しておりましたので、ほっとしました」

「まあ、たしかにあなたがレガート殿下の婚約者になったと聞いたときは、クリスティーナ様から奪ったのだと思った人は少なくないでしょうね。けれど朝の一緒に歩く様子を見れば、そうではないことくらいわかるわ」

「朝の……？　それはどういうことでしょう」

そういえばマーク様もそんなようなことを言っていた。

「まるで十歳の子どもが初めて婚約者と会ったみたいなぎこちなさではないの。あれで殿下に色仕掛けだなんて到底無理だということは誰にでもわかるわ。これまでそんな関係ではなかったこともね。だって、初心《うぶ》を超えてもはや不器用。まどろっこしくて見ていられないわ」

すみません。

そういうことでしたか。

「それに、私は馬に蹴られたくないもの」

「いえ、ですから、私と殿下は恋愛関係にあったわけでは」

「わかっているわ。殿下は誠実な方だもの。不器用と言ったのは殿下も含めてよ」

ですってよ、殿下。私だけじゃなくてよかった。

しかし、あれ……。二人とも不器用だと仲を深めるのにとんでもなく時間がかかるのではないだろうか。

そんな心配をしていると、オリヴィア様は付き合っていられないというように細くため息を吐きだした。

「あなた、人のことはよく見ているくせに、自分のこととなると全然ね。けれどご愁傷様。誰も生徒会副会長なんて引き受けはしないわ。あなたはあれだけ勉強しておきながら成績には出ないようにしているくらいですもの、目立たず暮らしたいとでも考えているのでしょうけれど、持っているものを出し惜しみするのはよくないわ。せいぜいこの国のために尽くしなさい」

そう言ってオリヴィア様はこの話は終わりとばかりに教科書に目を落としてしまった。

私は学校でも暇さえあれば勉強していたし、オリヴィア様を図書室で見かけることもよくあったけれど、自分もまた見られていたのだなと思う。

反面、知らない自分のことをあれこれ言われると、なんだか迷子になったような気分になる。

だが生徒会副会長についてはもう腹を括るしかない。そもそも義姉が迷惑をかけたのだし、その尻拭いは私の仕事だ。

新しい学年になれば正式な生徒会副会長も決まるのだし、それまでのこと。義姉が遅らせていた仕事を片付けて、次の方に引き継げるようにしよう。

そう気合いを入れ直し、授業が終わった後に生徒会室へと向かった。

中には殿下が一人、今日片付けるべき書類を整理している。

「断られたのだな？」

「はい……」

「そうだろうな」

そう言って、レガート殿下は、ふ、と口元を緩めた。

まるで今見てきた光景が簡単に想像できるとでもいうように。

「学院でも、私の隣に立ってくれるか？」

「誠心誠意、頑張ります」

殿下ってこんなに笑う人だったっけ。

これまでは疑われやすい立場だからこそ、距離を取らなければとばかり思っていたから、気づかなかったのかもしれない。

しかし、武骨だとか表情筋だけ鍛え漏れているとか言った人は反省してほしい。

とにかく今は殿下の微笑を目の当たりにして顔が熱くて仕方がないので、まずは窓を開けようと思う。

◇

「今日の帰りだが、買い物に付き合ってくれないか」

レガート殿下にそう問われて断る理由もない。

仕事や通学以外で殿下と出かけるのは初めてのことだ。

授業が終わり、今日は生徒会で集まる予定もなく、私は殿下と共に馬車に乗り込んだ。

それほど経たずに馬車は止まり、連れられて入ったのはキラキラとした指輪やネックレスが並ぶ宝飾店だった。

「どれが好みだ?」

「レガート殿下でしたらどれでも似合うと思います」

「そうではない。ローラに贈りたい。だからどのようなものが好きか、教えてほしい」

「私に?」

「仲を深めるにはどうしたらよいかマークとジョアンに尋ねたところ、贈り物をするといいと助言をもらった。近々お披露目もあることだし、今日は私から贈らせてほしい」

なるほど。律儀だ。そしてそれを全部正直に言うんだ。

突然のことで驚きはしたけれど、話を聞けばとても殿下らしいと頬が緩んだ。

「ありがとうございます。ですが、あまり自分で宝飾品を選んだことがなく、どれがいいのか……」

欲しいものを手にしてもどうせいつも義姉に「私のものを盗んだのね」とか言われて奪われてしまうから、愛着を持たないほうがいいし、必要な分だけあればいいと、お店の人に選んでもらっていたのだ。

しかもこれからはそれなりの物を身につけなければレガート殿下に恥をかかせてしまうことになるわけで、なおさらどう選べばいいか困惑する。

「好きな色はあるか？　ドレスはいつも明るい色が多いが」

「ドレスは私のこの髪色に合わせて選んでいます」

「なるほど。涼しげな水色や緑色なども似合うと思うがな。そういうのは好みではないか？」

「好きですが、大人っぽい印象なので似合う気がしません」

レガート殿下は緑色の宝石が輝く髪留めを手に取ると、私のオレンジ色の髪にかざしてみせた。

「こういう鮮やかな緑も似合う」

私の髪に触れるか触れないかの距離にあるごつごつとした手から体温を感じ、どぎまぎしてしまう。

「鏡を見てみるといい」

すかさず店員が鏡をさっと掲げてくれて、オレンジ色の髪と、輝く緑色の宝石が映る。

あまり身に着けたことのない色だったけれど、幼く見える私でも少し落ち着いて見えて、新しい自分を見つけた気がした。

つい鏡に見入っていると、レガート殿下が「ではこれを」と店員に緑色の髪留めを渡した。

「これまで合わせたことがなくとも、似合う色はたくさんあるはずだ。その中から好きな色を探せばいい」

そう言ってレガート殿下が再びケースに目を落とすから慌てた。

「ありがとうございます、もう十分です！」

「そうか。ではまた今度にして、次はドレスを見よう」

終わりじゃなかった。

三軒隣の店へとエスコートされ中に入ると、既製品のドレスがたくさん並ぶ中、巻き尺を手にした店員が笑顔で迎え入れてくれる。

「先ほどは私が押し付けてしまったからな。今度はローラが好きなものを選んでほしい。似合うとか似合わないとか考えることはない。色でも生地でも、気に入ったものがあればそこからローラが似合うよう仕立てればいい」

「いえ、押し付けるだなんて」

「ローラが好きなものを知りたい。気に入ってもらえるものを贈りたい」

私の好きなもの。好きな色。

明るい色は似合うからというだけではなく、心も明るくなるから好きだ。だから今持っているドレスはどれも気に入っている。

だけどこれまで自分には似合わないと遠ざけていた、涼しげな水色、鮮やかな緑色、落ち着いた白茶色《しらちゃ》が目に入ると、自然と足が動いた。

目が吸い寄せられたのは、水色のドレス。スラリとした曲線で、大人っぽい印象だ。

「これか。綺麗《きれい》な色だな。ローラのその緩やかに波打つ髪に合わせて、花の飾りをつけてみたらどうだろうか」

私の目線に気づいた殿下がそう言って顎に手を当てると、店員が「華やかになって、とてもお似合いになると思います」と店にあったコサージュをいくつかそのドレスに当てて見せてくれた。

殿下は頷き、私をくるりと振り返る。

「どうだろうか。私はこれを着たローラを見てみたいと思うのだが」

私に似合う色は明るく温かみのある色。そう決めつけていたから、新鮮な気持ちだった。

意匠が少し変わるだけで印象も違う。

これまで義姉とかぶらないようにとか、奪われたと疑われないようにとかいろいろなことを考えなければならず、選ぶのがいっそ面倒でもあったけれど、その義姉ももういない。

「ありがとうございます。私も、着てみたいです」

そう答えると、レガート殿下が笑みを浮かべた。

「楽しみだな」

義父には必要だから買ってもらっていただけで、誕生日に社交として贈られてくるものはどれも事務的に感じるものばかりだった。

受け取る側が好きかどうかなんて関係なく贈られてくる物たちに愛着など持てない、と義姉が言うのもわからないわけではなかった。

だから、自分では選ばないようなものを贈ってもらうことが、こんなにも嬉しいことだとは思わなかった。

店を出て馬車に乗り込むと、レガート殿下が先ほどの髪留めをつけてくれた。

近い。

けれど慣れない手つきで慎重に、真剣な顔をして格闘しているから、思わず緊張もほぐれた。

「ああ。やはりよく似合う」

緑色の髪留めにそっと手を伸ばす。

狭まっていた自分の世界が、広がったような気がした。

◇

殿下は優しくて、誠実で、私を婚約者として尊重してくれて、何よりも大事にしてくれる。

そんなことは前からわかっていたけれど、それらが自分に向けられると少々戸惑ってしまうというか、落ち着かない気持ちになる。

けれど本当にマメな人で、会いに来るときは必ず花やちょっとしたお菓子を持ってきてくれて、時間があれば一緒にお茶をしていってくれるから、私もだいぶ慣れてきた。

時折真っすぐに目を向けられると、今でもどうしたらいいかわからなくなるのは、まあしょうがない。

沈黙が続いても何か話さなければと強迫観念にかられることもだんだんなくなり、話すことがないなら別に話さなくてもいいか、と自然体でいられるようになってもきた。

今日も殿下が持ってきてくれたお菓子と一緒にお茶をしていたところに、ためらいがちなノックが響いた。

「ローラ様。あの、少しよろしいでしょうか」

侍女のアンの声だ。来客中だというのに、どうしたのだろうか。

レガート殿下が黙って頷いてくれたので了承を告げると、アンは恐縮そうにしながら「あの……、こちらなんですが」と私に一通の封筒を差し出した。

「クリスティーナ様のお部屋を整理していたら、引き出しにローラ様宛てのお手紙がありまして。

もしかしたら居場所がわかるような大事なものかもしれないと思い、急ぎお持ちした次第です」

「手紙……？　何故あの書き置きとは別に置いたのかしら。しかもこちらはご丁寧に封までされて」

その理由は、中を読んですぐにわかった。

『父の形見のネックレスはもらっていきます。私のものはすべてローラのものになるのだから、いい加減これくらいは返してもらうわ』

思わず手紙を握りつぶしそうになるのをなんとか堪える。

「いや、よくない！　それはお母様の物だと何度も説明したのに……」

なるほど。あの書き置きには書かず別にしまっておくわけだ。封もするわけだ。

きちんと伝えたからいいとでも思っているのだろうが、取り返せないような状況になってから時限式で伝わるようにするだなんて、こんなのは泥棒と同じだ。

前から義姉は大きな赤いルビーが嵌《は》められたそのネックレスを義父の形見だからと自分の物にしたがっていたのだが、それはこの家にやってくる前から母が持っていたもので、母の形見だ。

母はそれを身につけることなく大事にしまっていたのだが、母を亡くし、塞いでいた義父が母を悼んで姿絵の前に飾るようになった。

だが何度そう説明しても、義姉は『平民であった義母がこんな大きな宝石のついたネックレスなど持っていたはずがなく、父が贈ったものであり、そもそも義母が亡くなってからは父が管理していたのだからこれは父の形見である』と主張した。

それで、それならどちらの物にもせず義父の姿絵の前に飾るということで決着していたのに。

「殿下、少々失礼します！」

私は慌てて断りを入れると、足早に部屋を出た。

亡き義父の自室に入るが、やはり義父の姿絵の前に飾られていたはずのネックレスがない。義父の部屋に勝手に入るのは躊躇《ためら》われて、近寄らずにいたから全然気づかなかった。

一縷《いちる》の望みをかけて義姉の衣裳《いしょう》部屋など、ありそうな場所を探すがやはり見当たらない。

「入ってもいいか？　何を探している」

「はい！　先ほど手紙に書かれていたネックレスというのは、母の形見なのです。義姉は最後までそうとは認めず、父が贈ったものなら義姉のものだと……。まさか、あれも⁉」

再び部屋を飛び出すと、ドアを開け放したまま自室に駆け込む。

チェストの二段目を急いで開けると、小さな布の袋が一つ。

それから三段目を開けると、こちらにも同じような布の袋がちゃんと入っていた。

それぞれの袋から取り出したものをそっとチェストの上に置き、無事であることを確かめてほっと胸を撫《な》でおろした。

「あった……よかった」

二段目にあったのは女性物の銀の指輪で、小さな水晶がはめ込まれている。

三段目にあったのは、男性物の指輪。こちらも銀だけれど水晶より一回り大きなダイヤモンドで、部屋に射しこむささやかな光を受けてきらりと光った。

材質とその意匠から二つが対になったものだということは一目でわかる。

レガート殿下が開けっ放しのドアを律儀にノックするのに応え、追いかけてきた侍女たちと一緒に中に入ってもらう。

「これも母君の形見なのか？」

「はい。実の父と母がつけていたものです。叔母の話によると、結婚する前からつけていたそうで、母は義父と再婚するまで外しませんでした」

それからは箱にしまって大事にしていたのだが、母も義父も亡くなり、義姉が遺品整理の時にすべて自分のものだと言い出すに至り、慌ててこの袋に入れ換えた。

価値のあるものだと思われると狙われかねないから。

隣国クレイラーンでは婚約や結婚した時に指輪を渡すそうだ。代々受け継がれることもあると聞いたけれど、この国にそういった習慣はない。

だから仮にそう説明しても、義姉には平民がこんな指輪など持っているわけがないと信じてもらえなかったことだろう。

指輪のことからしても、やはり両親は隣国の出身なのだろう。

祖父や祖母、親戚について聞こうとすると二人とも悲しい顔をしていたから、駆け落ちだったのかもしれない。

となるとわざわざ国を越えてまで逃げなければならないほど許されない結婚だったということになるが、詳しい話を聞いたことはなかった。

両親はそうして叔母と三人で逃げてきたが、義姉は一人だ。

協力者がいたとは思えないし、念入りに計画を立てていたようにも思えない。

路銀が尽きるのも時間の問題だろうし、ものの価値もわからずぼったくられている可能性は高く、そもそも盗まれて一文無しというのが濃厚だ。

「どうしよう。お義姉様が換金できそうなものを取りに来るかもしれない」

あの義姉の性格では、お金がなくなったからといって素直に帰ってくるわけもないし、町で生きていく手立てなど考えてもいないだろう。

わざと見つかるのを待って、『見つかってしまったから仕方なく』という体で戻ってくることはあるかもしれないけれど、わかりやすく見つかるのは格好悪いしあがけるだけあがくに違いない。

「それはありえるかもしれないな。肌身離さず身につけていたほうがいい」

「そうですね……。たぶん義姉は真っ先に私の部屋を漁ると思います。義姉が持っているものは価値が高すぎて町で換金するのは難しいですから。でも父の指輪は私の指には大きすぎますし、どこかに隠すと言ってもこの部屋じゃ……」

義姉に何を奪われてもいい。何を言われてもいい。義姉が言うように、母の再婚によって伯爵家に迎え入れられた私が与えられたものは、私が本来持つべきものではなかったから。

けれど、亡くなった実の両親の遺品だけは奪われたくはない。私の手元にあるものはもうこれだけだ。これが義姉のものだと言われるのだって許せなかった。

「では私が預かろう。ローラが嫌でなければだが」

「ありがとうございます！　それなら安心です」

義姉は他にもいくつか自分の装飾品を持ち出していたみたいだが、早速換金の壁にぶつかって今日にでも忍び込んでくるかもしれないと気が気ではなかったから。

ありがたく、父の指輪をレガート殿下に手渡した。

「殿下の部屋に義姉が上がれるわけではありませんので、隠さずともどこかに置いておいてもらえれば十分です」

母の指輪は自分の小指に嵌めてみたけれど、ぶかぶかしていてすぐに抜け落ちてしまう。

やはり母と同じく左手の薬指がいいだろうか。

嵌めてみると、ぴったりだ。

いや、嵌めた瞬間は少し緩いかなと思ったのだが、何故か今は隙間もない。

「これは、内側に何か文字が彫ってあるな」

顔を上げると、レガート殿下は受け取った指輪を右手に持ち、目の上にかざすようにして内側を覗《のぞ》いていた。

「ああ、クレイラーンの文字だと思うのですが、文章の意味がわからないのです。『夢』『繋《つな》がる』

という単語は読み取れたのですが」

「これは古語のようだな」

そうしてレガート殿下が目を細め、右手を顔に近づけた時だった。

指からするりとこぼれ落ちた指輪を、殿下は慌てて摑《つか》んだ。

しかし、ほっとして握られた手を開いたそこに指輪はなかった。

光っていたのは、殿下の右手の人差し指だ。

ちょうど指先に引っかかったのだろうけれど、それにしてはしっかりと根元まで嵌まっている。

ごつごつとした関節をすとんと落ちていったにしては、そのぴったり具合が不思議だ。

「すまない。大事な父君の指輪を勝手に嵌めるなど」

「いえ、それはまったく問題ありませんが。――抜けます？」

「――抜けない」

レガート殿下は何度も指輪を引っ張ったが、ぴくりとも動かない。

「こういう時には石鹼《せっけん》ですよね」

さすがに王族にしては質素すぎる指輪をレガート殿下に嵌めていてもらうのは気が引ける。

しかし何をどうやっても、殿下の指からそれが抜けることはなかった。

かといって、キツいわけではないという。

「申し訳ありません。まさか、こんなにぴったりだとは」

「失くさないようにするにはちょうどいい。このまま嵌めていてもいいか？」

「はい、それはもちろん。一国の王太子にこのような指輪で申し訳ありませんが」

「クレイラーンのことは詳しくないが、これはおそらく歴史的価値があるものだろう。それにローラの両親の形見だ。大事に預かろう」

「ありがとうございます」

両親の数少ない形見をこれで守れる。そう思い、私はほっとしたのだった。


暗闇の中にうっすらと光が見える。

自然とそれを辿《たど》れば、ゆっくりと光が広がっていき、かと思うとやがて光は溢《あふ》れんばかりになり、私は耐えられなくなり目を瞑《つぶ》った。

再び目を開くと、私は見慣れない部屋にいた。

右の壁には本棚、左の壁には広がる野原の絵が飾られている。奥の壁の前には執務机があり、黒髪の人物が組んだ腕の上に突っ伏すように眠っていた。

レガート殿下だ。

ということはここは城にあるレガート殿下の執務室なのだろうが、何故私はそんなところにいるのか。

さっきまで私は何をしていたんだっけと、頭を巡らせる。

確か、指輪を殿下に託した後は一緒に食事をして別れて、その後は疲れていたからさっさと眠りについたはず。

だけどこの窓の外は真っ暗だから、朝になって目覚めたというわけではなさそうだ。

ということは、これは夢？

私は自然と執務机に向かって歩き出していた。横から殿下の顔を覗き込むが、瞼《まぶた》は堅く閉じていて開きそうにない。顔の下に敷かれた指には父の形見の指輪が嵌められたまま。

指も、顔のラインも、どこもかしこも骨ばっていて、自分とは違う生き物なのだとまじまじと観察してしまう。

いつも引き結ばれている薄い唇がうっすらと開き、そこから呼気が漏れ出しているのが、力を抜いて見えてなんだかくすぐったいというか。

母性本能をくすぐられるというのだろうか。不思議な感じだ。

こんなに無遠慮に眺めることなどできないから気づかなかったけれど、右のおでこには小さなほくろがあった。

吸い寄せられるように手を伸ばすと、ぱしりと摑まれ、びくりと肩を揺らした。

――はずだったのだが、私の手は捕まることなく私の胸元に引っ込められている。

殿下の手はそのままそこで空《くう》を摑むように拳を閉じた。

どういうことかとまじまじと自分の手を見下ろせば、なんだか透けている気がする。

だがそんな驚きはさらなる驚きに上書かれてどこかへいった。

「ん……、なんだローラか」

ゆっくりと瞬きをしたレガート殿下が、そう言って笑ったのだ。

寝ぼけているのか。

見たこともない、とろりとした笑みだった。

誰？

「どうした？　驚いた顔をして」

そう言って、頬杖《ほおづえ》をついてこちらを見上げる目はどこか野性的で。なのに、どこか甘い。

なんだ、これは。

心臓が全力で私に戸惑いを伝えてくるのをなんとか無視して口を開いた。

「いえ、驚きもしますよ。急に手を掴まれそうになったのですから」

「うん？　そう言えば先ほどたしかに掴んだはずだが」

空っぽの手の中を見下ろし、殿下が再び私に手を伸ばす。

反射的に仰《の》け反《ぞ》ると、やや間を置いて殿下がにやりと笑った。

何故笑う。

「唐突になんですか」

「もう一度確かめてみようと思ってな。逃げるな」

なんだこの野獣は。

思わずじりじりと後退すると、立ち上がった殿下もじりじりと距離を詰める。

「よく見たら透けているな」

「そうなんですよね」

「そうか。これは夢か」

「そうですよね。夢ですよね」

さっきから殿下が笑ってるし。野獣みがすごいし。

「じゃあいいな」

なにが？

夢だと確認できたのに、何をまだ確認することがあるのか。

変わらずこちらに迫ってくる分後退していると、殿下がぴたりと止まった。

ソファに足がぶつかったからだ。

「俺だけ透けていないな」

殿下。周囲に人がいないときは『俺』って言うんですか。

ますます野獣み。

っていうか、夢なのだから、これは私が想像した殿下ということになる。

夢は願望の現れだと聞く。だとしたら、私は殿下にこんな姿を望んでいたのか？

いやいやそんなの考えたこともない。

婚約者としての距離ですらどうすればいいかわからず戸惑うことしかできなかったというのに。

そうだ、望んでなくとも怖い夢や驚くような夢だって見るのだから、こんなこともあるだろう。

こんなにハッキリとした夢など初めてだけれど、まあ夢なら怖くはない。

「私を捕まえることはできないようですよ、殿下」

にやりと笑い返し、壁のほうへと遠ざかりながら浮き上がると、とても気持ちがいい。

こんなこともできるなんて、さすが夢だ。

しかし私の天下は一瞬で終わった。

殿下はソファの背に手をかけると、ひらりとそれを飛び越え、ずいっと私の眼前に迫ったのだ。

「だが追い詰めることはできるようだな」

私の顔は、青いのか、赤いのか。

ぱくぱくと口を開閉するしかできずにいる私に、殿下がにやりと笑う。

完全に捕食者の顔じゃないか。

自由に浮ける体のはずなのに固まってしまって動けない私に、殿下がそっと手を伸ばす。

触れる――と心臓が一際高く鳴った瞬間、撫でるような殿下の指が私の頬を突き抜けた。

「やはり触れられないのか」

どこか残念そうに呟いたレガート殿下に、私は形勢逆転とばかりに口角を上げた。

だがしかし。

「それなら安心だな」

「だから何がですか」

そう言われると逆に安心できない。

「ローラが逃げなくて済むだろう？」

「なんで捕まえようとする前提なんですか⁉」

何がしたいのかと思わず食ってかかると、殿下は背後にあったソファにぼすりと座り込み、背もたれに頬杖をついて私を見上げた。

「それは試したかっただけだ。ローラは手に触れただけで固まり、隣に立つだけでぎこちなくなるだろう。なるべく触れないよう気を付けていたのだが、夢ならその心配がいらない」

気づかれていた恥ずかしさたるや。

透けているはずの体なのに、体温が上がるのがわかる。たぶん顔は真っ赤だ。

レガート殿下はため息を吐き出しながら足を組んだ。

「不用意にそんな顔をするな。ローラの安全は保障されているとはいえ、俺の精神衛生上の問題がある」

「私に腹が立ってもやり返せないからですか？」

「そうだな……。どうせやり返すの中身も幼い想像しかできていないようなローラに本気でやり返すわけにはいかんからな」

「幼いって。もう十六歳ですよ」

　何故無言。

「この国の法律基本法は覚えましたし、算学だって紙さえあれば三桁の――」

「学力で精神年齢を示そうとしている辺りだ」

「ええ？　他にどんな尺度がありますか？」

　返るのは、大きなため息。

「ローラに近づいても近づいても敗れていった男たちの苦労が知れる」

「私が親しくしていたのは事業仲間と未来の取引相手ですよ。まだ私は事業を興していませんから、勝ってなどいませんが」

「――そうして事業を興すことばかり考えていたからか、ローラの頭にはこれまで結婚とか婚約とか恋人とかそういうものが決定的に欠如していただろう。それでは婚約者といえど、うかつに手は出せん」

「手……！　婚約者でも手はダメですよね?!　そういうのはけこんしてからであって」

　噛《か》んだ。

　恥ずかしいところで噛んだ。

「もちろん一線は守るが、婚約者なら許されてしかるべき線というのもあるだろう」

「ああ、失礼しました。手を出すって、手を繋ぐとかそういうことですね。早とちりしました」

「『早とちりしたほう』がおそらく正解だ」

武骨だと思っていたレガート殿下が肉食系だった件。

「……何故こんなにも昼間の殿下と違うのですか」

これは夢なのだとわかっていても、聞かずにいられなかった。

「今も昼間も変わらず俺だ。だが俺も寝ぼけていたし、ローラがいきなり現れるのが悪い」

「それって、昼間の殿下は素ではないということではありませんか」

「だから、昼間も変わらず俺だ。ただ抑えているだけのこと。いきなりローラに迫ったら困るだろう？」

「当たり前ですよ！」

「だからだ」

いや全然説明が足りてませんが。

私の不満が伝わったのだろう。殿下は足を組み替えると続けた。

「ローラが言ったのだろう。わかりやすく伝えつつ、だがゆっくりとがいいと」

「……婚約がわかる前に廊下で話した時のことですか？」

あの時は自分が婚約者になるなんて思ってもいなかったから内容まではっきりと覚えていないのだが、殿下は「そうだ」と頷き、再びソファの背もたれに頬杖をついた。

「それに、婚約者を挿《す》げ替えて突然タガが外れたようにローラに迫っては、元からそういう仲だったのではないかとあらぬ噂が立つ。だから『武骨な殿下が新しい婚約者に逃げられまいと誠実に少しずつ距離を縮めようとしている』んだよ」

「え。それも全部意図的にしていたということですか？」

「そういう言い方をするならそうだが、俺は理性的な対応を極力心がけていたというだけで、言葉も態度も何も偽ってはいない。すべて本音をぶちまけてしまえば、ローラが自然体でいられなくなるからな」

「え」

本音って何。

「それと、たぶん俺のタガが外れて困ることになる」

その言葉に、なんだかずっと殿下に思われていたような錯覚をしてしまい、そんなわけがあるかと首を振る。

これまで事務的なやり取りか、世間話、それから生徒会室で激論を交わしていただけなのだから。好意を持つような要素などなかったはずだ。

「タガ、タガ、って何をそんなに外すことがあるんですか」

「これまでどれだけ我慢してきたと思っている？　婚約者として触れてもいいというのに、どこまでも我慢できるわけではない」

義姉は殿下に好意的ではなかったから、婚約者ではあったけれど不用意に近づかないようにしていたのだろう。

そう思うと申し訳ない限りなのだが、やはりまだあと少し、心の準備ができるまで待ってほしい。

「それは、たしかに義姉があのような態度でしたからご迷惑をおかけしましたが――」

「誤解するな。触れたいと思うのはローラだけだ」

何その殺し文句。何その野獣み溢れる流し目と微笑。

夢が自分の想像力を超えてくることなどあるだろうか。

私の脳は許容限界を超えたらしい。ふつりと唐突に暗闇が訪れ、ぐんっと何かに引っ張られるような、急降下するような感覚を覚え、はっとして目を開くとそこは見慣れた天井だった。

私は呆然《ぼうぜん》と身を起こした。

辺りを見回せば、真っ暗な中に小さな鏡台と本棚が見える。視界のすぐ下に広がるのは真っ白な掛け布団。

ここは、私の部屋だ。

止まっていた息を一気に吐き出すと、ばたりと体を折り布団に突っ伏した。

なんという夢を見たものか。今の今まで全力で叫んでいたかのような、謎の疲労感がある。

ゆっくりと体を起こすと、布団の上に置かれた左手の指がきらりと光った。母の形見の指輪だ。

カーテンの隙間から月の光が零れて私の手を照らしている。

もう一度横になっても眠れる気がしない。

心臓が変な音を立てている。

けれど寝なければ明日がもたない。明日は大事な日なのに。

私はぱたりと布団に倒れこみ、ゆっくりと深呼吸をしながらもう一度目を閉じた。

寝よう。

寝るしかない。

そう言い聞かせじっと目を瞑るうち、いつしか私は再び眠りに落ちていた。

◇

その後はあの夢を見ることはなかった。

しかし、しっかりと寝たはずなのに、スッキリしない。ぼんやりする頭を馬車に揺られるに任せ、城に辿り着き、指定された部屋で座って待つ。

間もなくしてやってきたのは、相変わらずいかめしい顔のレガート殿下で、互いにいつもと変わらぬ挨拶を交わすも、私はその目が見られなかった。

「今日は国王陛下の演説だ。ローラのお披露目も兼ねているが、気負わずともいい」

「はい」

「眠そうだな」

「申し訳ありません。昨夜あまり寝た感じがなくて」

「疲れがたまっているのだろう。連日駆け回っていたからな。これが済んだら帰って休め」

相変わらずぶっきらぼうな口調だが、気づかってくれているのがわかる。しかし私より疲れている人たちがいるのに、夢一つで動揺しているわけにはいかない。

「いえ、その後も予定が――」

「目先のことばかりにとらわれていては判断を誤るぞ。一度休みをとったほうが効率がいいとローラもいつも私に言っているだろう」

そうだよね。殿下は『私』だよね。

私は何故夢の中の殿下に『俺』と言わせたのか。

何の願望なのか？　自分がわからなすぎて本当に恥ずかしい。

「――ありがとうございます。では今日の予定はなるべく早く済ませて、家に帰って休むことにします」

その返事に満足したように頷くと、殿下は私の手を引き部屋を出た。

その手はすぐに離され、代わりに差し出された腕を取り、歩く。

昨日言われたことが頭にぐるぐるとしていて、今日は自然にできただろうかと気になって仕方がない。

そうして指定された部屋へと入ると、「あら」と中から王妃殿下の軽やかな声が上がった。

「昨夜は遅くまで仕事をしていたみたいだけれど、それにしては今日はずいぶんとご機嫌なようね、レガート。いい夢でも見たのかしら？」

にっこりと問われた殿下は「いえ」といつも通りの固い返事。

「どんなにいい夢でも夢は夢ですから。現実に勝る夢はありません」

そう言って私の手を引きソファに座らせると、殿下も隣に座った。

私もいい夢が見たい。

困惑したり、いっそ疲れたりする夢ではなく、ほわんと息が抜けるような夢がいい。

ただでさえ現実で婚約者としての距離にまだ慣れずひたすらどぎまぎしているというのに、触れられないとわかっている夢でもあれだ。

結局、夢でも現実でも、ままならないのは自分自身だ。

私は深呼吸を繰り返し、なんとか心を落ち着けた。

そんな私を緊張していると思ったのだろう。レガート殿下の大きな手が、膝に置かれた私の手を包む。

余計に心拍が上がり、このままでは破裂してしまいそうだ。

私はすっと立ち上がり、くるりとレガート殿下を振り返った。

「大丈夫です。立派にレガート殿下の『婚約内定者』を務めてみせます」

安心してもらえるよう、キリッと宣言すると、レガート殿下は一瞬、呆気《あっけ》にとられたようになった。

それからにやりと笑う。

「そうか」

なんだか見たことがある笑みだなと思った。

でもそんなわけはない。あれは夢なのだから。


よく晴れた日の広場には、国王陛下の声が広く響き渡っていた。

「残念な報せと、素晴らしい報せがある。この度、次代の聖女が――」

しかし悲痛な顔で声を詰まらせる。

「その務めを果たすことが未来永劫《みらいえいごう》、できなくなってしまった」

広場に集まった国民たちの間にざわめきが広がる。

「なんてことだ……」

「次代の聖女様がお亡くなりになったのか」

「そんな……！　ではこの国はどうなるんだ⁉」

「いや、まだ今代の聖女様である王妃様はご健在だ！　その間にまた次の聖女を探せばいいだけだろ？」

「だが聖女ってのは大変なんだろう？　王妃様も、見ろよ。以前より頬が痩せて……」

「だから次代の聖女様も身体を壊してしまったのか？　なんてことだ！　それじゃあこの国は――」

陛下は一切『死んだ』とは言っていない。

だが訂正することもなく、ざわめきを収めるようにゆっくりと上げた手を人々へ向けてみせた。

「次代の聖女がその務めに耐えられる体でないことはしばし前よりわかっておった。皆も知っての通り、この国の守りはこれまで聖女たった一人が背負ってきたが、それでよいのか？　誰か一人が重責を負い、任せきりでよいのか？　次の聖女を定めても、また同様のことが起きたらこの国はどうなる。当代である王妃がいなかったら今回も守りをつなぐことはできなかった。病気。事故。誰にでもありうることだ。ただ一人の人間にこの国の守りを任せていていいのか？　我らは何もせずただ恵みを享受していてよいのか？」

国王陛下はたっぷりと間を空け、しんとなった国民を見渡した。

「我らの国は、我らの力で守るべきだ。そうではないか？　これまでわが国は聖女一人に頼り過ぎたのだ。各地に守りの水晶を送ってある。それぞれがその守りの水晶に祈りを捧《ささ》げることで魔力を注ぎ、この国の守りとするのだ。一人の力では聖女に及ばずとも、多くの国民の力があればそれをはるかに凌駕《りょうが》することができよう。今こそ我らの力を発揮すべき時がきた。それぞれの力がわが国を守るのだ！」

陛下の熱く響き渡る声に、戸惑っていた国民たちの顔が一斉に紅潮していく。

「おおおおお!!」

「そうだ！　これからは自分たちで国を守るんだ！」

「だが本当にそんなことできるのか……？」

「まだ王妃様はいるんだもの、やってだめならなんとでもなるでしょう」

「そもそもたった一人に国を任せて安穏としてたなんて、考えてみれば怖《こえ》ぇよな……。人間なんだからいつ死んじまうかもわかんねえのに」

聞こえてくる声の中には戸惑いや変革を恐れる声、不満もあったが、概ね前向きに捉えられているようだ。

国王陛下も満足そうに国民たちを見渡し、そうして顔だけでこちらを振り向いた。

レガート殿下が頷き、私も小さく礼をする。

それを確認すると陛下は前に向き直り、再び手をあげた。

しんと静まった中に、やや声の調子を上げた陛下の声が響き渡る。

「長らく何もかもを聖女に依存してきたこの国にとって、代替手段を講じなければならないのは国の守りだけではない。よりこの国を堅固なものにするにはどうしたらよいか。その知恵を貸してくれたのは、ローラ・ファルコットだ。彼女は惜しくもその立場を去るしかなかった元聖女の妹であり、すべてを託されていた。まだ学院に通う身でありながら、我々にはない新しい発想で、聖女に頼らぬ国づくりを共に検討し、議論を交わし、ここまで尽力してくれた」

国民がその姿を探すように、陛下の後ろに控える私を見つけ、歓声と拍手を送ってくれる。

いよいよだ。

――胃が痛い。

「皆も知っての通り、次代の聖女はわが子レガートの婚約者でもあった。しかしそちらも代わりが必要だ。そこで此度《こたび》この国のために尽力してくれたローラ・ファルコットを新たな婚約者とし、王太子妃、そしてゆくゆくは王妃としてこの国をレガートと共に支えていってもらいたいと考えている」

わあああっ！　と一際大きな歓声が沸き起こる。

プレッシャーがすごい。

本当に私でいいのかと、覚悟を決めたはずなのに戸惑いが胸を浸す。思わずぎゅっと胸元で手を握ると、その肩にそっと触れる温もりがあった。

隣を見上げれば、いつもの厳めしい顔でまっすぐに前を向いたままのレガート殿下が、守るように私の肩を抱いてくれていた。

私は覚悟を決め、一つ頷いた。

レガート殿下は私に顔を向けず目だけでそれを確認すると、私と歩幅をあわせて前へと進んだ。

陛下の隣に二人で並んで立ち、私はただ黙って精一杯に上品な微笑を浮かべた。

再び歓声が辺りを満たし、陛下が手を上げてもしばらくそれが止むことはなかった。

その中に、私が土壌や肥料の作り方を教えた農産物協会の人たちや、肥料を流通させるための会合をした商会の人たちの顔を見つけた。

レガート殿下のおかげで周りを見る余裕ができたから気づけたことだ。

本当に私を王太子妃として歓迎してくれる人がいるのだと感じることができて、やっと自信を持てた気がする。

そんな私の隣で、レガート殿下が声を上げた。

「レガート・クライゼルの名にかけて、ローラ・ファルコットと共にこの国を盛り立てていくと誓おう。この国はこれから大きな変容を迎える。どうか共に新しいこの国を作っていってほしい」

怒鳴っているわけではないのに遠くまで朗々と響き渡る声が国民に降りかかり、これまでで一番大きな歓声が返った。

やはり王太子として絶大な信頼を得ているのだ。

視察に出かけてもその真面目で不正を許さない態度と、国民に対しても偉ぶらず一貫して誠実な態度は評判が高く、まさに王太子としてあるべき王太子とまで言われていたことをまざまざと目にしたようだった。

私がここで発言することは許されていない。まだただの婚約者で、王族の一員ではないからだ。

今の私にできるのは、この国を支える人間として認めてもいいかもしれないと思ってもらえるよう、堂々と、そして笑顔でいること。

そして、これからその功績を認めてもらえるように尽力すること。

やれることをやっていくしかないのだ。

その背を見るばかりだった、レガート殿下の隣で。

◇

夢に続きってあるんだなって、思った。

昨夜と同じように気づいたらレガート殿下の執務室でぼんやりと立ち尽くしていた私に気づくと、殿下は書き物をしていた手を止め、頬杖をついた。

そしてにやりと笑う。

「ああ、来たか」

夢の中では表情筋がきちんと鍛えられているようだ。口角もしっかり上がっている。

「来た、というか、来てしまった、というか……」

「この時間ということは、今日はちゃんと早く寝たんだな」

今日も私は寝衣のまま。

夢なのだからせめて普段着くらいは着せてくれたっていいのに、まるでベッドから魂だけふわふわと抜け出してきたみたいに律儀だ。

「お務めが終わり次第すぐ殿下に馬車で送られ、殿下が侍女頭に『すぐ寝かせろ』と仰られましたので、何事かと思う間にあれよあれよと支度され、ベッドに押し込まれました」

「なかなか優秀な侍女だな」

辺りはまだ夕暮れ。執務室はまだカーテンも閉まっていない。会話もきちんと今日の続きだし、本当に殿下と話しているみたいだ。

「明日はまた学院がありますので、復習をしておきたかったのですが」

「しっかり寝て、朝早く起きてやる方が能率がいいだろう。だというのに、なぜおまえはまたふらふらとこのようなところに来た？」

「知りませんよ。寝て、気づいたらここにいたのです。昨日もそうでした。きっと殿下との婚約があまりに衝撃的すぎて夢にまで出るのですね」

「ふうん」

目を細めて見られると、なんだが落ち着かない。

「まるで心の繋がりあった恋人のようだな」

淡々としていながらなんて甘いことを言うのか。愕然《がくぜん》と口を開けると、殿下が手を広げ、指輪を眺めた。

「ローラの両親の形見だというこの指輪に書かれていただろう」

「夢、とか、繋がる、とかですか？」

まさかそんな指輪をお互いに嵌めたから夢が繋がりあったとかそんなことを思ったのだろうか。だとしたら殿下もなかなかにロマンチストだ。

そう思ったのが顔に出ていたらしい。

「案外、俺はこの指輪には何らかの力があるのではないかと思っている。ただ、調べたところあの古語はどうやら違う意味もあるようだ」

「それって、どんな――？」

「まだ調べ中だ。それはそうと、今日の婚約のお披露目も反応は上々だったな」

「ええ。笑顔は得意ですから」

そう返すと、頬杖をついたまま殿下は楽しげにふっと笑った。

「笑顔だけで押し通せるほど国民は甘くない。きちんとローラを見ている者はいる」

「とは言いましても……」

「貴族の令嬢でありながら、あちらこちらを駆け回っていただろう。聖女の家の家紋はみなが知っているし、その馬車が通れば聖女に会えるのではと期待し、その動向を目で追うからな」

たしかに義姉の尻拭いとして農作物を肥料で育てられるようにするために、伯爵家の馬車であちこち駆け回っていた。

そこから出てきた人物がまったく正反対の容姿であればそれが義理の妹であるとわかるし、何をしているのか気になって見ていた、ということか。

どこで何をしていようと笑顔は絶やさないよう心がけていたが、あまりに必死で周囲の目など気にしていなかった。

「何を持っているかではない。ローラはローラ自身に価値がある。今日はそれが認められたのだ」

何故殿下はそんなことを言ってくれるのだろう。

随分と都合のいい夢だ。

何と言えばいいかわからずにいると、ドアをノックする音が響いた。

「殿下、今よろしいでしょうか」

レガート殿下の護衛、カインツ様の声だ。

「ああ、かまわないが短く済ませてくれ」

迷うことなく返事をしたレガート殿下にぎょっと目を剝く。

「ちょ……！　私はどうしたら?!」

「別に婚約者が私の執務室にいようと問題はないだろう」

「だけど今私は――」

透けてる上に寝衣なのに！

叫ぶ前にガチャリとドアが開けられてしまった。

どこかに隠れようと思ったけれど、いかにもやましいことがあるような行動をすると後で見つかった場合に弁明を信じてもらいにくくなる。そもそも間に合わないし、堂々と居直ることに決めた。

ところが。

「失礼します。来月、クレイラーンの王子が訪問される件なのですが――」

部屋に入ってきたカインツ様は、私などいないかのようにレガート殿下へとまっすぐ向かい、てきぱきと話を始めてしまった。

レガート殿下が確かめるようにカインツ様と私を交互に見て、「ふむ」と頷く。

もしかして、カインツ様には私が見えていない……？

すすすっと移動してカインツ様の視界に入るようレガート殿下の後ろに回ってみるが、気づく様子はない。

ほほう、これは夢ならではのご都合主義だな。

しかし、だったら何故レガート殿下には私が見えるのだろう。他にも見える人はいるのだろうか。

レガート殿下とカインツ様はいつの間にやら話し込んでいる。それならと、私はすーっと浮いて部屋のドアへと向かった。

「すぐ済む。だからそこで待っていろ」

振り返るとカインツ様を避けるようにこちらを覗き込んでいるレガート殿下と目が合った。だがここは夢。私の自由だ。レガード殿下の眉根が寄せられたけれどかまうまい。

「少々探検してまいりますわ」

「殿下？　何かご用事がおありでしたか？」

どうやらカインツ様には私の声も聞こえていないようだ。

これは楽しいかもしれない。

私はドアノブを摑もうとしてすり抜けてしまうことに気づき、それなら、とドアをぶち破るようにえいやと頭から突っ込んだ。

何も引っかかることなく、するりと通過して、廊下が見える。

廊下にいる衛兵も、通りがかる女官も、誰も私に気が付いた様子はない。

しかし好奇心に押されてずんずん進むうち、だんだんと意識が遠くなっていく気がして、戻ろうとしたけれどその時には視界が真っ暗になっていた。

急激に体を引っ張られ、落ちていくような感覚の後、はっと目を開けばまた私は自室のベッドに寝ていた。

二度あることは三度あるという。

また同じ夢を見ることがあったら、次は何を試してみようか。

そんなことをわくわくと考えながら、私は再び眠りについた。


翌朝。

久しぶりの学院に向かう馬車にはレガート殿下が同乗していた。

いや。正確に言うと、王家の馬車で迎えにきたレガート殿下が、私も一緒に乗せてくれたのだ。

義姉は毎日そのようなことをされると窮屈だからとにべもなく断っていたが、私はお言葉に甘えることにした。

関係が良好であることを周囲にアピールしなければ、つけ入られる隙を与えることになってしまう。

いくら王家にとって、そして二大公爵家にとって私が王太子妃となることが『ちょうどいい』としても、それを快く思わない者は一定数いるはずなのだから。

そんな思惑で馬車に向かい合って座っているわけなのだが、今日のレガート殿下はどこか不機嫌そうに見える。

何かしてしまっただろうかと考えて、昨日の演説の時に何か失敗があったのかもしれないと気が付いた。夢で言ってくれたことは私の妄想でしかないのだ。

「レガート殿下。昨日のお披露目で私に何か至らぬところがありましたか？」

来るなら来い、と覚悟を決めて訊《たず》ねると、レガート殿下は少しだけ驚いたように目を見開いた。

「いや。さすがああいう場こそローラは映える。堂々として見え、国民誰もがこの王太子妃になら ば国を託せると思ったことだろう。それはローラ自身の価値が認められたのと同じだ。不安に思う ことなど何もない」

あれ。

今と同じようなことを夢の中でも言ってくれた気がする。

「……ありがとうございます」

「ただ、もう少し共にいられたらよかったと思っていただけだ」

レガート殿下がそんなことを言うとは思わなかった。

驚いたと同時にどうしたらいいかわからなくなりそうで、私は慌てて口を動かした。

「しかし昨日は殿下が早く帰って休めと」

「そうだな。単なる私のわがままだ。気にすることはない。ただ、私が何を考えているのかわからないのは疲れるとローラが言っていたから、正直に話しただけだ」

そんなことを言われてしまうと、私自身を想ってくれているように聞こえてしまって困る。

まだ私たちは婚約したばかりで、始まったばかりの関係のはずなのに。

「互いに自然で、自由でいるためには好奇心くらい大目に見ろという話なのもわかっているが。魚が釣れたと思ったらすぐに針から外れてしまうとつまらないだろう？　そういう話だ」

さっぱり意味がわからない。

だが、昨夜の夢の影響だろうか。

たとえが。なんとなく。肉食だなあと思った。

◇

「音楽祭！　どうしましょう！」

突如招集がかかり慌てて昼休みに生徒会室に入ると、役員たちが真っ青な顔を突き合わせていた。

長テーブルの奥に座るレガート殿下も難しい顔で腕を組んでいる。

「どうなさったのです？」

私をばっと振り向いた書記のアリア様が、泣きそうな顔をしながら私の肩に摑みかかる。

「音楽祭ですよ！　今年はわが国に外遊に来ている隣国クレイラーンの第三王子殿下を招待することになっていて、だから、歓待するためにどのように趣向を凝らすか生徒会で話し合っていたはずですのに……いつの間にか、学院側に生徒会としての提案が伝えられていて、既に決まってしまっていたのです」

「それはどのような案だったのですか？」

「ただ見ていただくだけなのは失礼だからという謎の論理で、王子殿下に参加者を評価してもらい、優勝者を決める、と……」

「な……んですって……？」

それだけを聞けばよくあることかもしれない。

ここは学院で、成績というものがあるから評価されることはある種当たり前だ。

だがそれは専門的な知識を持った、かつ社交界での立場とは離れた教師が公正に評価するからこそ受け入れられるのであって、王子とはいえ、生徒が主催の音楽祭で評価をつけるということは、波乱を生む可能性がある。

「第三王子は芸術に造詣が深いという。純粋に良いと思ったものを評価するだろうな」

この国の貴族の地位など、顔と名前で判別がつくわけもない。

つまり忖度《そんたく》は見込めないということだ。

頭に浮かぶのはアンジェリカ・アルシュバーン公爵令嬢と、オリヴィア・サデンリー公爵令嬢だ。それぞれ炎の公爵令嬢、氷の公爵令嬢と呼ばれており、年がら年中バチバチの間柄で、音楽祭には既に参加を表明している。

この二人に隣国の王子が優劣をつけるとなったら、向こう一年はそれを種に言い争いが展開されることだろう。

ただでさえバタついている時に火に油を投下するのは避けたい。

「どうしましょう！　王子殿下は他人事で優劣をつけてご満悦でご帰国されるかもしれませんが、残されたこちらはたまったものではありませんわ。学院でも社交の場でも火花を散らされては……。胃がキリキリしますぅ～」

苦労性のアリア様は胃を押さえて、うぅ、と呻《うめ》き、他の面々もそれぞれに頭を抱えている。

「何故そんなことが勝手に決められていたのですか?」

「クリスティーナだ」

レガート殿下も頭が痛いのか、こめかみを揉《も》んでいる。

「お義姉様が?!　一体何故そんなことを……」

いつも口を出すだけで動かない義姉が、そんな動きをするとはどういうことだろう。自分も音楽祭に出て隣国の王子に評価されるつもりだったのだろうか。

しかし義姉は楽器も歌も無駄だと言ってまともに取り組んだことはない。意図が見えないのがなんとも不気味だ。

けれど、今はそんなことを気にしている場合でもない。

最後の最後まで義姉が迷惑をかけたことを生徒会の面々に謝罪しながら、どうしたらよいものかと頭を捻り、なんとか絞り出す。

「――個々人の評価が明らかになるから火種になるのですよね。では今年はトリオやカルテットなど合奏もありとしてはいかがでしょう?」

「なるほど。そうなればチームとしての評価であり、個人としての評価ではなくなりますものね」

「お二方も、他のメンバーが足を引っ張ったのだから仕方ないと思えば溜飲《りゅういん》を下げてくださるのではないかと」

そういう言い訳も立てやすい、というのが重要だ。

アンジェリカ様もオリヴィア様も聡明《そうめい》な方だ。すべてにおいて自分が最も優れているわけではないことくらいわかっている。

だからこそ、仮に下位になったとしても、体面さえ保てればいいという割り切りを持っている。

バチバチやっているとはいえ大人な方たちだし、落としどころさえあれば大きな火には育つまい。

「なるほど……。たしかにそれなら納得いただけるかも。一人では勇気が出ないという方も参加しやすくなりますし、合奏もありとなれば幅も広がりますから、昨年よりも盛り上がるでしょうね！」

考えるようにうんうんと頷いていた他の面々も、顔を明るくした。

「しかし、そううまくいくものか。それぞれに精鋭を連れて挑んだらどうなる？」

レガート殿下の懸念ももっともだ。公爵令嬢と共に参加できることを名誉と考え、腕のある者が立候補する可能性はある。

そうなったら逆に当人同士の実力差が浮き彫りになってしまうかもしれない。

再び「たしかに……」と胃のあたりを押さえたアリア様を見て、あまり言いたくはなかったが諦めて口を開いた。

「では、私がアンジェリカ様に一緒に参加させていただけないかお願いしてみます。そうなれば私のせいにできますから」

「よりにもよって炎の公爵令嬢と?!　いえいえいえいえ、ローラ様がそこまで身を切ることはありませんわ！」

「オリヴィア様にはすでに巻き込まれたくないと釘《くぎ》を刺されておりますので……。引き受けてくださる可能性はかなり低いかと思います。アンジェリカ様も、私がレガート殿下の婚約者となったことにお怒りでしたら即刻却下されるかもしれませんが、逆に言うと今の私の立場だからこそ利益ありとして受け入れてくださる可能性はありますし」

「たしかに……」

今の状況なら、自分よりも爵位が低く元平民の私が王太子の婚約者になることを受け入れた、度量の広さを見せることを利点と捉えてくれるかもしれない。というか、そうもっていくしかない。

アリア様を始めとして生徒会の面々も苦い顔ながら、それしかないかと頷く。

「だが、何の楽器で参加するつもりだ？」

「太鼓ならできると思います」

「デュオでもトリオでも太鼓は聞いたことがない」

「前例は作るものですよ、殿下」

先ほど義姉をどうこう言ったけれど、私も音楽は得意ではない。ピアノもバイオリンも習ったものの、まともに弾けるようにはならなかった。複雑な運指は苦手だ。

だが太鼓なら、無心でリズムを覚えて体に叩《たた》き込めば聞ける程度にはなるはず。

「私のバイオリンを貸そう。明日から特訓だ」

「バイオリンは一番苦手でして。ですから太鼓を……」

「太鼓での参加をアルシュバーン公爵令嬢が許すと思うか？　炎の公爵令嬢にしごかれるのとどち

らがいい？」

試すようにちらりと向けられた視線に、私はぐっと飲み込んだ息を吐き出した。

「――どうかレガート殿下のご協力を賜りたく、よろしくお願いいたします」

地獄の予感がした。

だがその前に、アンジェリカ様をうまく落とさねばならない。

さて。魔王のように怒り狂うアンジェリカ様が出るか、女神のように私を取り込もうとするアンジェリカ様が出るか。

私も胃が痛い。


赤い巻き髪にやや吊り目《つめ》がちな金色の瞳、長いまつ毛。

容姿も身にまとうものも、ド派手な美人。

そんなアンジェリカ様はどこにいても目を引くから、学院にあるサロンで取り巻きとお茶をしているのをすぐに見つけられた。

「アンジェリカ様、お話があるのですがお時間をいただけませんか？」

「あら、なによ」

ちょうどお開きになったところらしく、立ち上がったアンジェリカ様に声をかけたけれど、敵視されている様子がなくてほっとした。

「このままこちらでお話しさせていただいても？」

そう尋ねると、アンジェリカ様は取り巻き達に「ではまた明日。ごきげんよう」と挨拶し、座り直した。

テーブルをトントン、と指で軽く叩き、「で？　どんな用かしら」と私に座るよう促す。

「アンジェリカ様は怒っていらっしゃらないのですね」

「ああ。あなたがレガート殿下と婚約したこと？」

「はい」

「気に食わないとは思うけれど、あなたに対して怒りはないわ。どうせあなたがどんな策を講じたところでこぎつけられるようなものではないもの、巻き込まれた口でしょう。義理の姉が逃げ出したのだから仕方のないことでもあるし。そんな負の遺産をうらやましいとも思わないわ」

義姉が逃げたことは公にしていないが、わかる人にはわかるのだろう。

「私の立場からは否定も肯定もできません」

「『償いとして聖女がいなくなった穴を王太子と共に埋めよ』とでも言われたら断れないものね」

そうは言われていないのだが、そうしなければと思ったのは事実で、笑うしかない私にアンジェリカ様はため息を吐く。

「だって、どう見たって武骨な殿下とへらへらしているあなたでは馬が合わないじゃない。生徒会でも意見が対立してばかりだと聞いたし、どうせ殿下のことなど『鍛えすぎて表情筋が死んだゆえに何を考えているかわからなくてさらに真面目すぎて面倒』とか思っているのではなくて？　まあそれは同感だから、ご愁傷様だわ」

いやそこまで思っているわけではないけれど。アンジェリカ様がとにかく殿下と婚約するのは面倒だと思っていることはよくわかったし、だから私に怒りを向けていないのだとほっとした。

アンジェリカ様はけだるげに自らの巻き毛を指にくるくると巻き付けては離す。

「たしかに、以前は両親から王太子の婚約者になれと言われていたし、アルシュバーン公爵家の人間として期待に応えたい気持ちはあったわ。王太子妃になって、ゆくゆくは王妃となってちやほやされたいし、女性の頂点に立ちたいもの」

アンジェリカ様のこういうはっきりしたところが大好きだ。

裏表もあるし、計算もするし、頭もいいからうまく付き合わなければ恐ろしい相手でもあるけれど。

「けれどオリヴィア様も王太子妃候補から降りるのなら、私が女性の頂点であることに変わりはないもの。それなのに一生あの仏頂面と付き合っていくのは嫌ね。まあまあかっこいい顔はしていると思うけれど、微笑みかけられることもなく、愛されることもなく一生を終えるのはさすがに嫌」

「そんな風にお考えとは、意外でした」

「別に恋愛結婚がしたいわけではないわ。ただ、それにしたってレガート殿下相手じゃ幸せな結婚生活は思い描けないのだもの。型どおりの会話だけで心もなく、ただただ『妻』としてそこにいればいいのは楽かもしれないけれど虚しいわ。だからといって勝手にさせてもらえるかっていうと、厳しそうだし、ちょっとしたことで眉を顰《ひそ》められながら過ごすとか地獄じゃない？　とにかく窮屈そうで嫌」

殿下はつくづくひどい言われようだけれど、誠実を美徳と考える人はいるし、慕っている人もいるはずだ。

型どおりの会話……というのはたしかにそうかもしれないけれど、でもそこに心はある。何を話していいかわからず、毎回悩みながら話しかけてくれているのだ。厳しい所もあるし、眉を顰めれることも、まあ、あるけど、でもいつも気遣ってくれるし、優しい。

敵と認定されずに済んだことは助かったけれど、複雑だ。

そんなことを考えていると、アンジェリカ様はくるくると指に巻き付けていた髪をばさりと背に払い、「で、本題は何？」と腕を組んだ。

「あ、はい。実は音楽祭のことでご相談があるのです。今年は隣国クレイラーンのエドワード第三王子殿下が観覧にいらっしゃることになりまして、学院としても何かこれまでとは違う趣向を凝らしたいと検討を進め、ソロだけではなく、合奏での参加が認められることになったのです。それで、アンジェリカ様と一緒に参加させていただけないかと」

「なるほど。私の力を借りてレガート殿下の婚約者として認められたいという魂胆ね」

「お察しの通りです」

用意していた言い訳を丸々言い当てられ、思わずテーブルに平伏した。

これだからアンジェリカ様は侮れない。きっと本当の意図にもじきに気が付くだろう。

「公爵家の娘である私と共に参加すれば、私に認められていると示すことができる。学院の生徒たちはまあ納得している方が多いけれど、社交界にはまだ『何故平民出身の娘が』と鼻息荒く怒っている方々もいるから、彼らをある程度黙らせることができるものね。それに何より私には演奏の腕があるもの。一緒に参加しているだけで何割増しにも実力が上がって見えることでしょう」

フッ、と唇を吊り上げて笑うと腕組みを解き、おかわりを注がれたお茶を優雅に口に運ぶ。

「はい。それともう一つ、変更点がありまして……。そのエドワード王子殿下に優勝者を決めていただくことになっているのです」

こわごわそう告げると、アンジェリカ様の眉がぴくりと吊り上がった。

「なんですって……？　もちろん音楽祭にはオリヴィア様も参加なさるのよね」

「現時点では参加を表明されております。一人のままか、合奏に変更なさるかはまだわかりませんが」

「ふうん……」

私をじっと見つめながら長く尾を引く相槌《あいづち》に、何もかも見透かされているような気がした。

動揺しないよう、敵意のないことを示そうと笑顔を保ちじっと待っていると、アンジェリカ様は「ま、いいわ」とカップを置いた。

「あなた如きに足を引っ張られるようでは真の実力とは言えないもの。受けて立ってさしあげるわ」

「ありがとうございます！」

「ただし。覚悟はあるんでしょうね？　指が千切れようと、手首がもげようと、腕がなくなろうと、美しい演奏をお披露目できるよう全身全霊で取り組むのよ」

「はい！　音楽祭までに粉骨砕身腕を磨いてまいります！」

「で？　あなたに何ができるの？」

「たいこ……」

「もう一度言いなさい」

「バイオリンを練習予定です」

「そう。それならあと二人入れてカルテットにしましょう。人選は私でいいわね？」

「はい、お任せいたします」

「それじゃあまずは明日、今の実力を見せて。それ次第ではあるけど、どうせさんざんなんでしょうから、あなたとあわせて練習するのは一週間に一回でいいわね。その間にみっちりと個人練習をしておくこと。なんなら、講師を紹介してあげましょうか？」

「いえ、そこまでお世話になるわけには！」

「ふうん……？」

「音楽祭まではなんとか仕上げて参りますので！」

ははーっと再びひれ伏し、うろんなまなざしを避ける。

「ま、そうね。あなたはレガート殿下の婚約者なんですもの。恥をかいて一番困るのは殿下ですから、地獄のしごきがお待ちでしょうね」

重ね重ねご慧眼《けいがん》で。

なんとなく、私の目論見など既にバレているような気がした。


翌日。

アンジェリカ様の前でバイオリンを構え、第一音を「ギキィ」と鳴らしたところで追い払われた。

来週までにそれなりに仕上げてこなければ私とは組まないと、それはもう焼け焦げるほどの圧をかけられ、その足でレガート殿下と待ち合わせていた学院の練習室へと駆け込んだ。

そしてそこでは想像通りの地獄のしごきが待っていた。

一応私も基本は習っていたのだが、あまりに苦手で、平民として生きていくのに必要なものでもない、と早々に自らに言い訳を許してしまったツケが回ってきた。

しばらく触れてもいなかったから、家で自主練習して臨んだものの、レガート殿下の指導にはついていけていない。

「音が違う」

「テンポがズレている」

「指に力を入れ過ぎるな」

「背筋を伸ばす」

レガート殿下はただひたすらに淡々と指摘を繰り返し、私は「はい！」と返事をするので精一杯。

元々が苦手な上に、求められているのが『アンジェリカ様の足を引っ張らない』ことであるから、そこまで辿り着くのはかなり厳しい。

なんて難易度の高い作戦を立ててしまったのかと後悔したけれど、動き出したからにはやるしかない。

私は一週間の間、寝ても覚めてもバイオリンの練習に明け暮れた。

そうしてアンジェリカ様の第一の審判が下る日。

「あなた、意外と不器用なのね」

必死に弓を引いたバイオリンの音色はアンジェリカ様の眉間に二本の皺《しわ》を刻ませた。

「面目《めんぼく》もございません……」

「いいえ。不器用というよりも、あなた、音楽の才能がないのだわ」

その評価は致命的だ。

しかし自覚はある。

「あの第一音からしたら想像もできないくらいに上達はしているけれど。あなたは何でも器用にやるのかと思ったら、努力の人なのね」

そう言ってアンジェリカ様が私の手を見下ろしたことに気づき、ぼろぼろの左手を右手で覆うようにして隠した。

「いい？　音楽というものはただ技術を磨けばいいわけではないの。感性は生まれもったものだけれど、それもまた磨くことはできるわ。あなたには感性を育むような人生経験が足りていないのでしょうね。まあ……学院であなたが駆けずり回っていた姿を思い起こせば、そんな暇などなかったのだろうこともわかるけれど」

「感性、ですか……。あの、それならもしかして、太鼓でしたら――」

「あなたのその太鼓に対する絶大な信頼はなんなの？　そもそも太鼓だってただ叩けばいいわけではないのよ。私の隣に立つことを甘く見るんじゃないわ」

「すみませんでした」

「まあ、あなたの努力は買うわ。何でも努力で補えるというわけではないけれど、令嬢の指をそれほど痛めさせておいてこれまでと言うつもりもない。――現段階ではね？」

「はい、ご厚情をいただきありがとうございます！」

「ただし、音楽祭の一週間前までにそのぽんこつな感性と技術が私の満足いく水準にまで達していなかったら、当日あなたには病気になってもらうわ。急病ばかりはいたしかたないものね？」

「そうならないように全身全霊で邁進《まいしん》する所存です」

「その覚悟があるならいいわ」

そう言ってアンジェリカ様は口元を隠していた扇をパチリと閉じ、腕組みをした。

「まずあなたは感性を磨きなさい。もっと身の回りに目を向けるのよ。といっても、あなたがいつもしているような観察や分析をするのではないわ。物事に対して自分がどう感じるのか、心に耳を傾けなさい。そして相手が『どう考えているか』ではなく、『どう感じているか』。些細《ささい》なことにも心を傾け、取りこぼさないようにしなさい」

どう感じているか、か。

たしかに私は出自や義姉のことで周囲から様々に言われることが多かったから、貴族の社会で心穏やかに過ごせるようにと、人に嫌われないよう振舞おうとしたし、誤解があれば解こうとしたし、そのためにいつも周りを窺《うかが》ってきた。

どんな人なのか、どう考えていそうか、じっと観察して分析して、それに対して自分はどう行動すべきかを考えてきた。

けれどそれは生き抜くための策略のようなものであって、心や感性といったものからは遠い。アンジェリカ様はそういうことを言いたいのだろう。

——めちゃくちゃ分析されている。

それもまあそうだろう。

アンジェリカ様もオリヴィア様も公爵令嬢だ。

人を使って情報を集め、誰が敵か味方かを把握し、時には足を引っ張られないように牽制《けんせい》して、今の地位を保ち、公爵家にとっての利益につなげる必要がある。

特に私は義姉のこともあったし、今の立場となりさらに注視されていたのだろう。

そんな人から感性が足りていないと言われると納得しかない。

この短期間でどこまで磨けるものか、不安があるけれど。

アンジェリカ様はそんな私を「ふん」と見下ろし、再び扇をぱらりと開いた。

「あなたとしては音楽祭でどんな評価が下ろうと、オリヴィア様と私の面目が保たれればいいと考えているのかもしれないけれど、甘いわ。あなたの思惑がどうあれ、私には私の誇りというものがあるの。どんなに技術的に上達しても、今のそのぽんこつな感性で私の隣に立てると思わないことよ。できないじゃない。やるの」

「はい！」

さりげなく反復されるぽんこつと、さりげなく目論見を言い当てられ、「すみません！　精進します！」と身を縮めることしかできない。

「技術だってまだまだのまだまだよ。もっともっと磨きなさい。這《は》いずってでもあらゆる時間をバイオリンに費やし、私の隣に立つに相応しいだけの腕を磨きなさい。一週間に二日、四人であわせて練習する時間を設けるわ。認めるかどうかはそれからよ」

あわせて練習する日が一日増えた。それは私の何かを認めてくれたということか。

「はい！　ありがとうございます！」

私は再び、ははーっと平伏せんばかりにアンジェリカ様のご厚情に感謝した。

なんとか首の皮一枚は繋がったものの、本当の試練はこれからだ。

そう覚悟した私に、『感性を磨く』という大きな重すぎる課題がのしかかった。

しかしそれは私にまた別の重すぎる課題をもたらした。


「そこ。違う」

あまりに必死でバイオリンしか見ていなかったから、いつの間にか殿下が傍に立っていて肘の角度を直され、びくりとした途端「ギキィ」と不協和音が耳をつんざく。

「おい……」

顔を顰《しか》めたレガート殿下にじろりと目を向けられる。

「申し訳ございません……」

「そう硬くなられると困る」

「いえ、あの……、慣れなくて」

「早く慣れろ」

そんなことを言われても。

殿下のたくましい腕とか。

分厚い胸板とか。

見慣れないものばかりでどうにも目が泳いでしまうし、近づくと吐息とか、匂いとか、嫌でも殿下を感じてしまう。

身の回りをよく見ろと言われてよく見たらこうなってしまったのだ。

夢の中の野獣な殿下でもないのに、前よりもっとどぎまぎしてしまって自分を保てない。

「肘は、こうだ」

レガート殿下がバイオリンを構えて見せてくれるけれど、うまく真似できなくて、そんな自分ももどかしい。

「もっとこっちを持て。指はこう」

見かねたように、殿下の指が私の指に触れる。

同じ部屋にいるからだろうか。冷たいかと思ったのに、私と変わらない温度だった。

「こう……ですか？」

「それでいい。そのまま力を抜くようにして、こう」

「はい」

後ろから私の肘を支えるようにもう片方の手が添えられたのだが。

近い。

とんでもなく近い。

というか感覚としてはもはや後ろから抱きしめられているとしか思えないほどに近い。

「そうだ。形はそれでいい」

そんな恰好《かっこう》だ。殿下が喋《しゃべ》れば耳に息が吹きかかるのは当然で、私は思わず肩を揺らしてしまった。

「うはあ！」

「色気のない声だな」

まさかわざとじゃないですよね?! と振り返ると、いつもの真顔で淡々と私を見ていた。が。なんとなく、口の端が上がっている気がする。

「殿下？」

「弱いのは耳か」

今なんて言ったこの王子。

反射的にばっと耳を覆うと、取り落とした弓が床でカツンと鳴る。

「警戒しているくせに隙だらけなのだから困る」

だからなんて言ったこの王子。

レガート殿下は何も言っていないみたいにしれっと弓を拾い上げて差し出し、そのまま練習を再開しようとしたが、できるわけがない。

「な、なん、なん……！」

言葉にならず口をはくはくとさせる私に、レガート殿下が淡々とため息を吐き出す。

「距離を取っておきたいのなら、もっと気を張っていろ。でないとつけ込むぞ」

「婚約者が言う言葉に聞こえないんですけど」

「仕方がないだろう。『ゆっくりと』『それらしく』なっていかねばならんのだ。――まどろっこしい」

まどろっこしいて!!

「いつまでも我慢していられると思うなよ。そんな調子ではそのうち俺の限界が来ても知らんぞ」

俺って言った？

「殿下？　レガート殿下、ですよね……？」

「俺は朝でも夜でも俺だ」

似たような言葉をどこかで聞いた気がする。たぶん、夜とかそのあたりに。

だけど殿下は夢の中のようににやりとした笑いを浮かべてはいない。その顔は相変わらずの仏頂面だ。

「続けるぞ。時間がないんだろう？」

そして、あっという間にいつも通りの殿下だ。

私は白昼夢でも見ていたのか。

そうかもしれない。

あれからも毎日夢の中で野獣み溢れる殿下と会っているから、現実の殿下と混同しはじめているに違いない。

私は無心になるのだと言い聞かせ、弓を受け取ると一心にバイオリンをかき鳴らした。

合わせるようにして殿下もバイオリンを弾き始めると、私の不格好な演奏もそれなりに聞けるものに感じられる。

それにしても。

殿下は『この体でバイオリンを持つと笑われるのだがな』と言っていたけれど、さすが王太子というべきか、とても様になっている。

バイオリンを構える腕だけはどうしようもなくもりっとした筋肉が目立つけれど、その手つきは優雅で、何より音色がとても美しい。

ただ立って演奏しているだけなのに、何故だか色気のようなものがある。

アンジェリカ様が言っていたのはこういうことなのだろうか。

はっと見とれていたことに気が付き、私は慌ててバイオリンを構えた。

「もう一度、最初から通しでお願いします!!」

私は自分の中で荒れ狂う様々な感情をすべてエネルギーに変換し、バイオリンに向けた。

レガート殿下との練習の間はとにかく感性は横に置いておこう。

まず技術が追い付いていないし、せっかくレガート殿下が教えてくれているこの時間を無駄にしてはならない。

集中だ。

「焦らずまずは初心に立ち返れ。運指が馴染《なじ》むまではテンポを落としていくぞ」

「はい！」

そうして一心にバイオリンと向き合っていると、あっという間に日が暮れた。

「今日の練習はこれまでだな」

「はい、ありがとうございました」

もはや声もヘロヘロである。

しかしレガート殿下はこの部屋に入ってきた時と出る時でほとんど変わりがない。さすがの体力と精神力だ。

今日も今日とてレガート殿下は「送る」と言うので共に廊下を歩く。

つい私が殿下の三歩後ろを歩こうとすると、ゆっくりと足並みを揃えて自然と隣に立つ。

けれど、間には人一人分の距離がある。

そうだ。この距離感だ。

最初は慣れなかったこの距離も今では当たり前になり、『ちょうどよい』と感じるようになっていた。

近すぎず、遠すぎず、どこかほっとするのを感じる。

「まあ今はまだいい。俺もこの距離は嫌いではない」

「今なんて？」

「なんでもない」

ぽつりとした呟きは明瞭に聞き取れなかったけれど、なんとなく聞こえてなくてよかったような気がした。

私にはまだこれ以上の距離は、夢だけでいっぱいいっぱいだから。

そうして練習を重ね、音楽祭まで一週間と迫ったその日。

「及第点とはとても言えないけれど、王太子の婚約者であるあなたと組むことは、私にとっても利益がある。それと相殺と考えれば、まあ許せる範囲ね」

そう言ってアンジェリカ様が私の参加を認めてくれ、全身から脱力しかけた時のことだった。

私は急遽王宮に呼び出された。

王宮に思わぬ来訪者があったのだ。

# 第三章　私の欲しいもの、お義姉様《ねえさま》の欲しいもの

「予定より早い訪問となってしまったところを快く迎え入れていただき、ありがとうございます」

膝をつき、礼をしたのは隣国クレイラーンの第三王子エドワード殿下。金色の髪に細面《ほそおもて》で、物語から出てきたような王子らしい王子だ。

一ヵ月をかけてクライゼルを見て回った後、王城を訪問することになっていて、音楽祭も歓待の一つとして予定されていた。

だが今王城でエドワード殿下を迎え入れているのは、それらとはまったく別の謁見申し入れがあったから。

それもエドワード殿下の背後にいる人物を見れば、事情はなんとなく察せられた。

そこにいたのは、毎日見ていた義姉。

まさかの理想通りの王子と出会うことに成功したらしい。

全ての役目を放り出しておいて、どんな顔で帰ってきたものかと思ったら、なるほど、『被害者』だと思っているらしい。

目を伏せ『辛いです‼』という顔が全開だった。

逆に私のほうがベールを被せられ、顔を隠されている。

何故だかこの場に来る前にレガート殿下と国王陛下が『顔を見られると面倒だな』と何やら話し合って、結果こうなったのだ。

わけを聞いても、時間がないから後でと流され、私は今、非常にもやもやしている。

「わが国をひと月見て回られたとのことですが、いかがですかな？　何か得られるものがあったのならばよいのですが、その結果がそこに連れておられます女性ということでしたら、わが国としては穏やかではいられませんな」

謁見の間にクレイラーン側の人間とクライゼル側の人間がずらりと向かい合っているわけだが、先日まで聖女であり王太子の婚約者であった義姉は完全にクレイラーン側に立っている。

そしてその胸には私の母の形見である大ぶりなルビーのネックレスが光っている。

「彼女とは王都へと繋《つな》がる街道にある宿場町で出会いました。金品を盗られてしまい、立ち往生していたようで、困りきった様子に放っておけず声をかけさせていただいたのです。そこで事情があって家を出てきた伯爵家の令嬢と聞き、保護しておりました」

金品を盗られたというのは予想通りだったけれど、ネックレスが無事であったことにほっとした。一番気に入っていたようだから、ずっと身に着けていて難を逃れたのかもしれない。

エドワード殿下はキリッと強い目を私とレガート殿下に向けた。

「やはり話に聞いていた通り、義妹であるあなたがあらぬ悪評を立てて追い出し、クリスティーナから何もかも奪ったのですね」

「奪った、とは？　具体的に何のことですかな。それにクリスティーナ嬢のあらぬ悪評など聞いたこともないが」

初耳だと言わんばかりの声をあげたのは国王陛下だ。

エドワード殿下は陛下に目を戻すと、咎《とが》めるように続けた。

「私も陛下の演説の内容はあちらこちらで耳にしました。クリスティーナの義妹であるローラ嬢は、レガート殿下の婚約者となったのでしょう。聖女であり、殿下の婚約者であったクリスティーナを追い出し、婚約者を奪うとはなんたる厚顔な……」

「はて。どうにも物事の順序というものを自由に入れ替えるとそのような物語になってしまうようですな」

「なんですと……？」

「国の要である聖女および王太子の婚約者を好んで追い出したい王家がありますかな？　さらには義理の妹による愚行であるのにその本人を後釜に据えるようなことを貴殿だったら選択すると？」

「私はそんなことはしない！」

「そうでしょうな。それはこの国も同じですよ」

「だったら何故……⁉」

エドワード殿下の背後に隠れた義姉を見透かすように陛下が目を向けるが、義姉は顔を上げようとはしない。

陛下は側に立っていた側近に目線をやり、エドワード殿下に一枚の紙を渡させた。

それはあの日義姉が部屋に残していった置手紙だ。

「これは……！　やはりクリスティーナは辛い思いをしてきたのだな。だから家を出ざるを得なかった。その証拠ではありませんか！」

「これは読む者によって異なる『事実』を見せる不思議な手紙なのですよ」

「どこからどう見ても、虐げられてきた一人の哀れな女性が出奔するに至った辛い事情が綴《つづ》られているだけではないですか！」

「『ひたすら努力をしてきた』というのが、まあ、事実だったとして、どんな努力でも、すれば役目を果たしたということになりますかな？」

手紙というものは主観で綴られるものであり、主観がいつも事実と同一だとは限らない。

どういうことかと戸惑うエドワード殿下に、国王陛下は続けた。

「私に見える『事実』はクリスティーナ嬢があらゆる重責を担いながら、そのどれも文句ばかりでまともに務めず、果ては話し合いの用意があったのにも拘《かか》わらず身勝手にも逃げ出し、ローラにすべてを押し付け出奔した、というものなのですよ。それだけの役目をクリスティーナ嬢が負っていたことをご存じなのでしたら、いなくなった後どのような騒ぎになるかなど、エドワード殿下にも簡単に想像がつくことでしょう。これまで通りの国の安定には多大な労力が必要となり、昼夜惜しまず立ち働いてくれた者たちのおかげで、今この国は平穏を保っている」

「しかし、クリスティーナはずっと義理の妹に奪われ続けてきたのだ。逃げ出すのも当然ではありませんか！」

「ローラは前伯爵とは血が繋がっておらず、平民の出身。再婚した母も義父も既に亡く、魔力もない。その立場で、手紙に書かれているそれらが本当に奪えるとお考えですかな？」

エドワード殿下は明らかに動揺していた。

言われて初めて疑問を抱いたのだろう。

多大な能力と高貴な立場を生まれ持った義姉が何もかも奪われるだなんて、じゃあ義姉は一体何をしていたというのか、という話だ。

「一人の主観に基づく言葉のみを証拠として物事を判断するのは、王族としての資質が疑われますから今後はよく考えて発言なされるとよい」

「いえ、し、しかし、聖女の務めを果たさねばならないクリスティーナに王太子妃の婚約者という重責を押し付け、しかも学院では生徒会副会長まで務めていたというではありませんか。一つでも十分な重責だというのに、三つもだなんて常人にこなせるわけがない」

「聖女である彼女が『私しかいない』と触れ回ったおかげでどの家も婚約者候補から引いてしまい、彼女を選ぶほかなかったとはいえ、仰る通り失策でしたな。私の妻もまた、現王妃であり現聖女であり、学院に通っていた頃は生徒会長も務めていたものですが、だからといってクリスティーナ嬢にもできるというわけではないのですから」

「ええ、素晴らしいことに、王妃殿下は常人離れした能力をお持ちだったというだけです」

「そうですな。まずクリスティーナ嬢には王太子妃教育を受けてもらい、少しずつ様子を見ながら聖女のつとめを果たしてくれればと思っていましたが。結局何も進まないままでしたから、見込み違いも甚だしかったわけです」

陛下の見下ろす視線を俯いた後頭部で受けたまま、義姉がぼそりと不満げな声を上げる。

「……王太子妃教育は重箱の隅をつつくようなもので、無駄なことばかりでしたもの。まずはそれを是正しなければ」

「無駄であると判ずるまえに、それが何故必要とされたのか、考えてはみたかしら？」

笑顔を浮かべたままそう割り入ったのは王妃殿下だ。

「それは、国や王家の決まり事など最初から無駄だらけで、何も考えず代々引き継がれてきてしまったから――」

「あら、論理的な根拠もないの？　あなたがもしまだどこかの国の王妃にでもなるつもりがあるなら、何事ももっと深く考える癖をつけなければならないわね。それから、物事をもっと広い視野で見られるようになるといいわ」

当然ながら義姉はそれ以上の言葉を紡げない。頭を下げるようにして顔を隠しているが、背の低い私にはその口元が苦々しげに歪《ゆが》んでいるのが見えた。

「生まれ持ったものがいかに優れていようと、それを活かすつもりがなければ宝の持ち腐れ。国の利益にもならない。本人の資質を見極め、もっと慎重に判断すべきであったと私も反省している」

陛下がため息を吐き、エドワード殿下はどういうことかと訝《いぶか》しむように背後の義姉を見つめていた。

聞いていた話と違ったものの、まだ義姉を信じたいのだろう。陛下のほうが都合よく話を捻じ曲げていると思い直したようだ。

「どこまでも彼女のせいにするつもりなのですね。お言葉ですが、一国の王が見苦しいのではありませんか？」

「ハハハ！　義憤に駆られているようだが、もっと自身の目と耳で事実を知るべきと爺《じじい》は苦言でも送っておきましょうか。国を背負う立場ならいつまでも若さを言い訳にはできませんぞ」

悔しそうに唇を噛《か》みしめるも、エドワード殿下はすぐに開き直るように表情を改めた。

「そこまで仰るのであれば、クリスティーナはこの国にとってはもう必要がないということでよろしいですか？　でしたら私がクレイラーンへとお連れしても問題はありませんよね。まあ、国の機密情報を喋《しゃべ》られては困るということもありましょうから、誓約書なりなんなりを交わして――」

「ああ、それはかまわんよ。誓約書も不要だ。今後どこで暮らそうと本人の自由。好きになされい」

「は――？　しかし彼女は聖女で多大な力を持っていて、しかも王太子の婚約者だったのですから、わが国へ来るとなれば貴国は不利益を被ることになるのでは？」

「先日の演説の内容を聞かれたのであればご存じのことかと思うが、この国はもう聖女として誰か一人を国に縛り付けるつもりはない。それに彼女はこの国の機密など知らん」

「彼女の立場でそんなことがあるわけ……」

「ですから、彼女はただその立場に立っただけなのですよ。おつとめを果たすよりも、学ぶよりも、批判することに力を注ぐものだから、何も進まなくて」

王妃殿下が困ったように頬に手を当てた。

肩書きと予定が入っていただけで中身は空っぽ。

意気揚々と引き受けたはずが役目を負った途端に文句ばかりで何もしない人に国の機密など伝えるわけもない。そもそもそこまで教育が至っていない。

「王妃を始めとして、義理の妹であるローラ嬢も何度もクリスティーナ嬢を諫《いさ》めておったのだがな。ついぞその態度は改まりはしなかった」

諦めるように、陛下は小さく息を吐いた。

エドワード殿下は怒ったようにカッと頬を染めた。

「そうして苦しんでいるクリスティーナを追い込み、虐げてきたのですか！　もういい。彼女にはクレイラーンに来ていただく。後で返せと言われても応じはしませんよ。私は彼女が聖女だから国に連れて帰るわけではない。自由に生きる場所を与えてやりたいと思うだけなのです」

「先ほども言ったように、彼女は自由だ。好きになされい」

ただ義姉を不憫《ふびん》に思っているだけなのか、聖女を連れて帰りたいのか、エドワード殿下の目的はわからない。

だが後者だとしても、重い役目を負わせたと責めておきながら、聖女にしたいから連れ帰るとは言えないだろう。

そもそもそれを言ったら義姉も逃げ出すと思うのだが。

クレイラーンにしてみたら、聖女は手に入るなら手に入れたいというのが本音なのではないだろうか。

クレイラーンには聖女がおらず、防御壁もないからだ。一時は聖女のような存在がいると噂《うわさ》になったこともあるようだから、公にされていないだけでそういった存在がいるのかもしれないけれど、だとしても防御壁がないということはクライゼルの聖女とはまた違う存在なのだろう。

そんな中、義姉がクレイラーンに行ったところで、クライゼルのような防御壁は築けない。

演説を聞いていたのなら、今後はクライゼル国民たちがそれぞれ祈りを捧《ささ》げて防御壁を維持することは知っているはずで、その方法が守りの水晶に祈りを捧げることだとも既に聞いているはず。

クライゼルと同じように魔力を持つ人間はいるだろうから、その水晶さえあればクレイラーンにも同じように防御壁が築けると考えたことだろう。

だがただの水晶にそんな力はない。

この国で産出した水晶に聖女である王妃殿下が媒介としての魔術を刻んだことで、この地を覆う守りの力を発揮するようになったのだ。

仮に守りの水晶をクレイラーンに持って帰ったところで、何の役にも立ちはしない。

そんなことはおつとめを拒否していた義姉が知るわけはないし、クレイラーンで聖女としての役割を求められても同じことを繰り返すだけに思う。

いや、決めつけてはいけない。義姉だって家を出てから変化があったかもしれないし、今度こそ期待に応えようとするかもしれない。

エドワード殿下が義姉をどうするつもりかはまだわからないけれど。

拍子抜けしたように戸惑うエドワード殿下に、国王陛下は「ただし」と続けた。

「仮にもこの国の大事な民の一人を連れて行くのですから、きちんと責任はもっていただきたい。クライゼルに帰りたいなどと言わせるようなことのないように」

「それはもちろんです。クライゼルに尽くすつもりだった気高い彼女に相応しい居場所をご用意します。ですからこのことを禍根とせず、今後も変わらずわが国とお付き合いいただけますね？」

「もちろんだ。今回のことでクレイラーン国との関係が何ら変わることなどない」

陛下は笑みを湛《たた》えて鷹揚《おうよう》に頷《うなず》き、エドワード殿下と側近からはほっとしたように力が抜けた。

「では歓迎の宴に招待しましょう。旅の疲れもありましょうから、ゆっくりと過ごされるとよい」

そうしてそれぞれに動きだした中、エドワード殿下がふと何かを凝視するように眉を寄せた。

「お二人のその指輪は？」

その視線を辿《たど》り、戸惑う。私とレガート殿下の指輪が気になったようだ。

「クレイラーンはお揃《そろ》いの意匠で婚約指輪をつけると聞いておりましたので、貴国の文化に親しみを覚えていることを示したいと思いまして」

両親の形見と言えば、また義姉にそれも義父のものだと言われるかもしれない。だからそう答えたのだが、エドワード殿下はぴくりと顔を上げ、真剣な、そして探るような目で私を見た。

「それを、どなたから、お聞きに……？」

もしかして、クレイラーンでも一般的なことではなかったのだろうか。どこかの地方でだけ受け継がれる慣習だとか。

どう答えたものか迷う間もなく、レガート殿下が割って入った。

「さあ、どこで聞いたものやら、クレイラーンの話は興味深く、つい皆様に様々なことをお聞きしてしまいますから。貴殿らの長い旅のお話もゆっくりとお聞かせ願いたい」

エドワード殿下は何かを確かめるように義姉を振り向いたが、義姉は意図がわからないというようにやや眉を寄せただけ。

ただその口元は不満げに歪められている。

「さあ殿下、宴の席はこちらですわ。どうぞいらして」

王妃殿下もにこやかに促し、エドワード殿下が指輪と義姉を交互に見ていた目を引きはがす。

「ええ、ありがとうございます……」

エドワード殿下はそう応じながらも、今度は義姉とは反対の方に振り向き、困惑の目を向けた。側近だろうか。視線を受けた男も色濃い困惑を浮かべるばかりで、結局言葉を発することなく一行は宴の席へと連れられて行った。

辺りがややがやと賑《にぎ》やかになる中、義姉だけが私に鋭い目を向けていた。

その唇が、『こんなはずではなかったのに』と動いたように見える。

まさか、行かないで！　と追いかけられると思っていたのだろうか。

クレイラーンになど渡さん！　とバチバチの取り合いが始まるとか。

そんなことにはならない。

だから義姉には新しい土地で健やかに、楽しく生きていってほしい。

そう切に願った。


宴に義姉の席はなかった。

出席するような立場は何もないどころか、咎められるべき存在であり、ただクレイラーンとの国交を理由に赦免されたに過ぎない。

ただし、義姉が元気でこの国をうろついているところが人々の目に触れては大問題となる。国内にいる間は今の私のようにベールをつけることが条件となった。

「クリスティーナが身に着けていたあのルビーのネックレスが、ローラの母親の形見か？」

「はい、そうです」

もてなしを終え、義姉のことを話し合おうと殿下の執務室に共に向かいながら、レガート殿下は考えこむように顎に手を当てた。

私も頭が痛い。

「ネックレスが無事だったのは心底ほっとしましたが、どうしたら返してくれるでしょうか……」

「ローラの母のもの、もしくはローラのものであると証明できればいいのだろう？」

そう言って何故か殿下はちらりと私の手元を見た。

「指輪のように何か文字が書かれているとか、母の名前が刻まれていれば、ということですか？しかし残念ながらそういったものはなかったと思います」

「身に着ければわかるような気もするが。それを彼女の前でやるのもいいことだとは思えないな。だとすると――」

そこまで話したところでレガート殿下が侍従に呼び止められた。

「国王陛下がレガート殿下をお呼びです」

「すまないが、ローラは先に私の執務室へ行っていてくれ。カインツ、ローラをくれぐれも頼む」

「はい」

流れるような会話にはっとする。

「あ、いえ、カインツ様は殿下の護衛で」

「城内には兵が配備されているから私は問題ない。それよりも今はローラが心配だ」

エドワード殿下が私を目の敵にしているからだろうか。

それに、たしかにレガート殿下の執務室がどこかは案内してもらわないとわからない。

夢では見たことがあるが、いつも気づいたら室内だから城内のどこにあるかも知らない上に、そもそもあれは夢だ。

結局ロクな反論もできないまま、レガート殿下は慌ただしく行ってしまった。

お言葉に甘えることにして大人しくカインツ様に従って歩いていくと、前方の柱の陰からひそひそとした声が聞こえた。

「あれでは話が違いませんか?」

「たしかにな……。あれの持ち主も彼女じゃないのかもしれない」

聞いてはいけない匂いに、カインツ様と目を合わせる。

くるりと踵《きびす》を返そうかと思ったが、いまさらそんなそぶりを見せては完全に『あなた達の会話が聞こえて、何かあるなと察しました』と言わんばかりになってしまう。

だったら何も気に留めていないというように、あくまで爽やかに、にこやかに一礼をし、挨拶をして通り過ぎたほうがまだいい。

そう思ったのだが。

足音に気づきはっとして陰から顔を出したのは、エドワード殿下だった。

しかもベールを被った私を見つけるなり、先ほどまで話していたのだろう側近らしい男と目配せをしあい、表情を改めた。

「先ほどは一方的に決めつけた物言いをしてしまい、申し訳ありませんでした。国王陛下のお言葉にもつい感情的になってしまいましたが、仰る通りまずはあなたからも話をお伺いすべきだったと反省していたところです。不躾《ぶしつけ》なお願いではありますが、そのためにもしばし私にお時間をいただけませんか？　よろしければお茶でもしながらお話を聞かせていただきたい」

「ありがたいお言葉にございます。ですがこの後は少々予定がありますので、また日を改めさせていただけませんか？」

勝手にそんな約束をするわけにはいかない。まずはレガート殿下に相談しなければ。

にこりと笑んで、相手が言葉を返す前に続けた。

「義姉を保護していただいたこと、心より感謝しております。無事な姿が見られてほっといたしました」

話を逸らしたかったというのはあるけれど、本心だ。

義姉に傷ついてほしいわけでも、不幸になってほしいわけでもない。

義姉は母の連れ子であった私を虐げることはなかったし、母にひどい態度を取ることもなかった。

尻拭いをしていたのも私自身の意思だ。

義姉は自分のことしか見えていなかった結果、周りを振り回すことになったのであって、私を苦しめようとしていたわけではないし、誰かに迷惑をかけようとしていたわけでもない。

だから義姉が望んでいるのなら、エドワード殿下と共にクレイラーンへ行き、幸せになってくれたらいいと思う。

ただ……国王陛下に『返品不可』とされてしまっているから、あちらでやらかしたらもう居場所はないわけで、大丈夫だろうかとキリキリ胃が痛む。

「当然のことをしたまでです。それよりも、このようなことをお聞きするのは失礼かもしれませんが、あなたは何故そのようにベールを？」

エドワード殿下が探るような目を向けた時だった。

前方からカツカツと高い足音が響いてくるのに気が付き顔を向けると、そこには猛然とこちらに歩み寄ってくる義姉の姿があった。

「クリスティーナ！」

私の視線に気づいたエドワード殿下が振り向いて声を上げるが、義姉は私に向かって真っすぐに突き進んできて目の前でぴたりと足を止めた。

私は間に割り入ろうとしていたカインツ様に目で大丈夫と伝えて制し、義姉に向き直る。

行く手を阻むかのようにベールがふぁっ、ふぁっと浮かんでは落ちるくらいに荒い呼吸を繰り返す義姉は、薄い紗《しゃ》越しにもわかるほどギッときつく私を睨《にら》んだ。

「やはり私がいなくなった途端にすべて奪ったじゃないの。陛下を表に立たせて自分は隠れているだなんて、卑怯《ひきょう》だわ」

「いえ、発言を許されておりませんでしたので」

あの場で許されもしていないのに勝手に喋ったのは義姉くらいのものだ。

「それと、大事なことなので何度も申し上げておりますが、私がしているのは尻拭いです。奪うというのは持っている人から取り上げること。お義姉様は何もかもを捨てたのですから、それをそのままにしておいたらこの国は危険に陥ることになります。それを無責任に傍観していてはファルコット伯爵家はどうなります？」

「そうやってうまく国王陛下や王妃殿下にまで取り入ったのね。恥を知りなさい！」

恥ずかしいのは城の廊下で、しかも隣国の王子の前で騒いでいる義姉のほうだと思うのだが。

ちょっと周りを見てほしい。

エドワード殿下も、その少し離れたところに控えている側近らしき人もどん引きしている。

「いきなりすべてのお役目を放り出して自国に多大な危険と迷惑をかけておきながら、他国の威を借りて戻ったお義姉様はぼそぼそと自己弁護するだけでしたが、一言も謝罪はなさらないのですか」

「私にそうさせたのはこの国よ」

「エドワード殿下は一方的であったと謝罪し、会話をしようと提案してくださいました。お義姉様は会話をするつもりがおありですか？　一方的に文句を仰りたいだけでしたら、またの機会にしてください。このような場所ですし、他の方々の貴重な時間を浪費するわけにはまいりませんので」

カインツ様に私をレガート殿下の執務室に送り届けるという指示を果たして、早く本来の役目に戻ってもらわなくては。

いくら殿下が鍛えていて、城に警備の手があるとは言っても、私がその護衛をいつまでも借りていていい理由にはならない。

エドワード殿下とて、いつまでもこのような場所で立ち話をさせているわけにもいかない。

「それに、あなたのそのベールはなんなの？　私はエドワード殿下の婚約者としておいそれと顔を晒《さら》すわけにはいかないから仕方ないけれど」

え。婚約者⁉　既にそこまで決まっていたの？

しかし驚きに目を剝いたのは私だけではなかった。エドワード殿下もばっと隣の義姉を振り向き目を見開いている。

っていうかそもそも聞いていた理由と違う。

勝手にそう思い込んだのか、義姉を宥《なだ》めるために誰かにそう言い聞かせられたのか。

「あなたなんかがもったいぶって顔を隠す理由なんてないでしょう！　また私の真似をしたいの⁉」

私のほうが先にベールをつけてましたよね。

そう告げる暇もなかった。

義姉は私のベールを思い切り引っ張り、オレンジ色の髪がふわりと零れた。

追い剝ぎか。

今日は急なことだったから、王妃殿下の侍女の方々が私の髪を結ってくださったのに、崩れてしまって申し訳が立たない。

だがエドワード殿下が私以上に衝撃を受けたような顔をしているのが気にかかる。

エドワード殿下は私の顔を凝視し、呆然《ぼうぜん》と声を上げた。

「──あなたは！」

その側近も何故だか幽霊を見るような顔で食い入るように私を見ている。

「私をご存じなのですか？」

「いや……、その……。ローラ・ファルコット嬢、ですよね。クリスティーナとは血が繋がっていないと聞きましたが、その髪色はお母様から受け継いだのでしょうか」

「そうですわ。ローラは顔も髪色もその母親とそっくりでしたわ」

なんとなく答えたくないと思っていたのに義姉がわが事のように返すと、エドワード殿下ははっと息を吞《の》んだ。

「ローラ嬢の母君は、今どちらに？」

「既に世を去っております」

「そう……でしたか。それは失礼いたしました。残念なことです」

母の知り合いなのだろうか。

眉を寄せ、側近と何やら目配せし合っているところからしても、『この顔に見覚えがあります』と言っている。

母がクレイラーンの出身なのだとしたら、以前に会っていたとしても不思議ではない。

しかし、エドワード殿下は私とそれほど年が変わらないように見えるから、母と会ったのは赤ん坊の頃ということにならないだろうか。それはさすがに覚えていないだろう。

それとも、母の親戚に会ったことがあるとか。王子がぱっと見てすぐに似ていると思うほどよく見慣れた人ということになると、やはり母は貴族の令嬢だったのだろうか。

生活能力のなさからどこかのお嬢様だったのだろうとは思っていたけど、商家かどこかだと思っていた。

そんなことを考えていると、側近と目を見合わせるエドワード殿下に苛立ったように、義姉が声を上げた。

「ローラの母は平民です。どこかで見覚えがあったとしても他人の空似ですわ。殿下のお知り合いだなんてことは間違ってもありえません。私の母も早くに亡くなりましたけれど、サスティーナル侯爵家の出身で、祖父は宰相を務めておりました」

聞いていないのだが、エドワード殿下は慎重に見極めようとするかのように義姉に尋ねた。

「クリスティーナの母君は、その、ローラ嬢のように養子だったりとかは……」

「いいえ、母は生粋の貴族でしたわ。ですから私は貴族としてあるべき姿を常に追い求め、私の持っているものをこの国のために活かさなければと励んでまいりました。ですがローラはいつもただ笑ってばかりで、ファルコット伯爵家の後継ぎ教育も受けてはおりませんでした」

「それは私が絶対に後継ぎにはならないからです。ファルコット伯爵家の血は一滴も流れていないのにそのような教育を私が受けたら、お義姉様は激怒なさったのでは？　私にどうあってほしかったのですか」

私が受けたのは一般的な教育と淑女教育だけで、義父も敢えてそうして差をつけることによって、義姉だけを後継ぎに考えていると示した。そうしてそれぞれの立場に必要な教育を受けさせる義父の公平さに義姉も満足していたはずだ。

義姉が答えずに憎々しげに私を睨む隣で、エドワード殿下は側近に目配せをした。それを受けた側近がすっとエドワード殿下の側を離れ、義姉に手を差し伸べる。

「クリスティーナ様。本日はお疲れでしょうから、お部屋に戻りましょう。エドワード殿下がこの後お茶をご一緒したいとのことですから、どうぞこちらへ」

そう聞くと、義姉は怒りを収め、まんざらでもなさそうに笑みを浮かべた。

自分が選ばれたのだと私に誇示するようにゆっくりとした動作で側近の手を取ると、「では、準備をしてお待ちしておりますわ、殿下」と優雅に微笑み、くるりと踵を返した。

しかしエドワード殿下はその場に残ったまま。邪魔者はいなくなったとばかりに改めて私に向き直った。

「ローラ嬢はほとんど市井《しせい》では暮らさぬうちにファルコット伯爵家に連れて来られたのですか？」

「六歳までは町で暮らしておりました」

「そうですか……。幼い頃のしぐさや習慣というのはふとしたときに出てしまうものですが、ローラ嬢の立ち居振る舞いは生粋の貴族と何ら変わりなく見えます。平民と言っても、どこか裕福な商家にでも生まれたのですか？」

「いえ、町はずれの粗末な家で、父が子どもたちに剣を教えて養ってくれました」

「父君が剣を？　やはり……。ローラ嬢の教育は母君ですか？　さぞ熱心な方だったのでしょうね」

食事のマナーは一通り教えてくれたけれど、厳しいということはなかった。私も母が食事をする姿が綺麗《きれい》で、自然と真似していたし。ファルコット伯爵家に来てもそれほど苦労せずに済んだのはそのおかげだろう。

だが——。

このまま会話を続けていていいのだろうか。

母の出自は知りたいが、エドワード殿下の疑いが確信に変わった時、彼がどのような行動に出るかがわからない。

両親が駆け落ちしたのだとしたら、誰かに迷惑をかけていたかもしれない。クレイラーンで何らかの罪に問われるようなこともあったかもしれない。

私を連れて帰ろうとするだろうか。だが私はクレイラーンには行きたくない。もし祖父母や親戚がいると言われても、それほど会いたいとも思わないし、クライゼルに帰れなくなったら嫌だ。

だとしたら、この先の会話は避けたほうがいいのかもしれない。

でもそれは責任から逃れているだけにならないだろうか。

そうして態度を決めかねていると、エドワード殿下が核心に迫るように鋭い目を私に向けた。

「つかぬことをお伺いしますが、クリスティーナが身に着けていたあのルビーのネックレスはご存じで？　もしや、ローラ嬢の母君のものだったりはしませんか」

これに答えるわけにはいかない。

肯定すれば義姉に盗られたと主張することになって面倒だし、何よりこれに答えたらきっとエドワード殿下は確信を得るだろう。

相手の思惑がわからない以上、こちらだけ情報を渡すのは不利だ。後手に回ってしまっては身動きが取れなくなる。

だが黙っていることそのものが答えだとばかりに、エドワード殿下は質問を変えた。

「母君のお名前を聞いても――？」

つい、母のことを知りたいという思いでここまで話してしまったことを後悔した。しかし隣国の王族相手に嘘《うそ》をつくこともできない。

「ご自分の母親の名前ですよ。忘れてはいませんよね？　それとも何か言えないわけでもあるのですか？」

「――シーナです。平民でしたので姓はありません」

どうせ調べればわかることだと諦めた。嘘が露見すれば、私が母の存在を隠そうとしていると思われ、立場を危うくしかねない。

だから正直に答えたのだが、エドワード殿下は眉を顰《ひそ》め、いかにも思っていたのと違うという顔をした。

「それは愛称、などではなくてですか？　本当に？　いや、偽名を名乗っていたという可能性もある。まさか、クライゼルの王家も知っていて、だからローラ嬢はベールで顔を――」

エドワード殿下が顎に手を当てぶつぶつと言い始めた時だった。

義姉から奪い返したベールが私の手からするりと引き抜かれ、驚いて隣を見上げると、レガート殿下が厳めしい顔でそのベールを私の頭に被せ直した。

「エドワード殿下。何故私の婚約者のベールをお取りになったのですか？」

「私ではない。それはクリスティーナが」

「ああ、そうでしたか。しかし、困りますね」

その言葉に、エドワード殿下が目を細めてレガート殿下を注視した。

「――何が困るのですか？」

「減るからです」

「…………は？」

たっぷりの間の後に、エドワード殿下が不審げに聞き返す。

「二度も婚約者に逃げられた間抜けな王太子となるわけにはいかない。ゆえに、ローラのことは誰にも渡さないし、横から奪われたりせぬよう最大の警戒をしているのです。そのためのベールですか。かわいらしい彼女を不用意に人目に晒したくはありませんから。というわけで、そろそろローラは返していただこう」

そう言ってレガート殿下は私の肩をぐいっと抱き寄せると、眉根を寄せるエドワード殿下を置き去りにして歩き出した。

その後をカインツ様が沈痛な面持ちでついてくる。

「レガート殿下、ローラ嬢、申し訳ありません。ベールで隠していたのは事情がおありだったのですね。レガート殿下のただの剝き出しの独占欲ゆえと思っておりましたもので……」

「仕方がない。それもあるからな」

今この人はさらりと何て言った？

「事情を話せないにしても、ベールを死守しろと命じておくべきだったのにそれをしなかった私の落ち度だ」

「まさか、わざわざ隠しているのにこの王城で勝手にベールを剝ぎ取る人がいるなど……」

誰もそんなことをするとは思わないだろう。

そうして執務室にたどり着くと、カインツ様は気合いを入れ直すように廊下に控え、部屋には私とレガート殿下の二人きりとなった。

「レガート殿下。私の母が隣国の出身で、それもかなり王家に近い人間だと、国王陛下も王妃殿下もご存じだったのですね？　そしてそれをクレイラーンの方々に気取られないためにベールをつけるように仰ったのですね？」

先ほどの言葉はエドワード殿下の気を逸らすためだったのだろうとわかっている。だが顔が赤くなったまま収まらないのをごまかしたくて一気に言った私にも、レガード殿下は顔色を変えない。

「それもある」

またそういう言い方をする。

「いつからご存じだったのですか？」

「私が知ったのは最近のことだ」

「国王陛下と王妃殿下は？」

部屋に入るなり質問攻めにした私に座るよう促すと、殿下も向かいのソファに座った。

「前ファルコット伯爵はクレイラーンに留学経験があった。だから知っていたのだ。王女の顔を」

いきなりの核心にこちらが言葉を失う。

「とはいっても、当時の王女であって、今では先王の娘、つまりはエドワード殿下の叔母ということになるな」

「では、エドワード殿下が私の顔を見て気が付いたのは、先王に似ていたから、でしょうか」

「もしくは王女なら肖像画でも残っていたのかもしれない。あのネックレスがそこに描かれていたか、何か特別な王家との関わりを示すものだったか」

「最初はネックレスを持っていた義姉がその娘だと思ったのですね」

「だが指輪を見てローラがそうである可能性に気が付いた。クレイラーンでは婚約指輪と結婚指輪をつけるのは王族だけで、そのことは一般にはあまり知られていないらしい。先ほど父上からそう聞いた」

「なるほど、それで……。義姉のことばかり気にしていて失敗しました」

そこに義姉が私のベールを剝いだことで顔が見え、確信を深めたのだろう。

「前ファルコット伯爵は町中で平民に交じって暮らすクレイラーンの王女を見つけ、慌てて父に報告したのだそうだ。その時には既に王女の夫は亡くなっていた。それでローラと共に保護することになり、ファルコット伯爵家の後妻という形に収めたのだ」

まさかそんな経緯があったとは。

母が王女だったとは思いもしなかったし、あまりにも急なことで混乱し、私の頭はぐるぐるとした。

「母は父と駆け落ちをしてきたのだと思っていましたが。エドワード殿下は城から逃げ出した母を連れ戻そうとしていたのでしょうか」

「いや。表向きには病気療養のため顔を出さなくなったということになっているし、クレイラーンの王家はローラの母を探す動きを見せていない」

もはや諦めているということだろうか。だが王女が逃げ出したのに探さないなんてことは考えにくい。

「追放されたのか、それとも母が城を出るのを黙認するだけの理由があった……？」

「その理由についてはわかっていない。だがエドワード殿下がクリスティーナをクレイラーンに連れて行こうとしていたのは、おそらく二つ理由がある。一つは否定していたものの、やはり聖女が手に入るならほしいはずだ。もう一つは、王位を狙っているのだろう。エドワード殿下は正妃の子ではあるが第三王子だからな。あちらでは誰が王位につくか揉《も》めているらしい。だが聖女であり、先王の孫と思われたクリスティーナを連れ帰れば功績が認められ、さらには結婚すれば第三王子という不利を補えると考えたのだろう。――いや、結婚を想定していたのはクリスティーナだけかもしれないが」

どちらもありそうだ。

私の出自が明らかになれば厄介になるだろう。

だが私はクレイラーンには行きたくない。

祖父母や親戚に会いたくないのかと問われれば、気にはなる。だが私はずっとここにいたいのだ。

それが本心だったけれど、口に出すことは憚《はばか》られた。

王女にはその立場に見合う責任があったはず。母がそれを放り出して逃げたのだとしたら、私に義姉を責める資格などない。

そうして生まれたのが私なのだから。

母にも父にも追われているというような切迫感はなかったし、叔母もクレイラーンとやり取りをしているようだったから、これまで軽く考えていた。

「ローラを渡すようなことはしない。あちらとしても聖女の力を持つ人間を一人クレイラーンに連れ出すのだから、もう一人寄越せとは言えんだろう。勢いで返却不可も約束してくれたことだしな」

だが母がいなくなったことで迷惑をかけられた人や振り回された人がいるかもしれない。

私はそれを見ないふりをしていていいのか。

母はどんな理由でクレイラーンを去ったのだろう。それを知らない限り、安穏としてこのままでいるわけにはいかない。

だがエドワード殿下に聞いても理由まで知っているかはわからないし、母にとっての事実と他者にとっての事実が違う可能性だってある。

できるだけ母に近い人からも話を聞きたい。

それを知り得るのは一人しかいない。

もう一度叔母を探そう。

そしてエドワード殿下からも話を聞かなければならない。

そこにあるのが自分の望む答えではないとしても、それが私が今生きていることとの責任だから。

◇

――あれ。

ここはどこ？

目の前に広がるのは――天井？

違う、床だ。

それもお城の廊下の。

気づけば私はふわりと天井まで浮き上がっていて、廊下を見下ろしていた。

先ほどまで何をしていたのかと記憶を遡ってみるけれど、レガート殿下の執務室で話していたことまでしか覚えていない。

いや、そうだ、殿下が呼ばれて執務室を出て行って、だけど話が途中だからまだそこにいてくれと言われて、私は疲労でついうっかりうとうとしてしまったのだ。

しかし何故こんなところにいるのだろう。

辺りを見回すと、廊下で向かい合って話す男女の姿があった。

レガート殿下と義姉だ。一体何故二人が？

二人の間には少しの距離。

見慣れた光景のはずなのに、何故だか胸が苦しい。

こちらに背を向けているレガート殿下の顔は見えないけれど、重そうな紺青色の宝石がキラリと光るネックレスを義姉に差し出したのがわかった。

吸い寄せられるように近づくと、声が聞こえた。

「――このネックレスのほうが似合う」

「自分が選んだものを身に着けていてほしいということでしょうか？　男性っていつも贈り物をして独占欲を示そうとなさるのね。趣味ではないけれど、最後くらいは受け取らせていただきますわ。お気持ちに応えることができなかったことは申し訳なく思っておりますので」

レガート殿下はいつも義姉を気遣い、寄り添っていた。

誠実で、武骨な殿下らしいと思っていた。

けれどその心の内を考えたことはなかった。

レガート殿下は義姉の婚約者だったから。

だけど何故だろう。

殿下は義姉を好きだったのだろうかと考えたら胸が鉛を飲み込んだように重くなった。

もしも、今もそうだったら――。

考えたくない。

胸が苦しくなり、うまく息ができない。嫌だ、という感情だけが頭を覆う。

義姉のものを欲しいと思ったことなどない。

私が持つべきものなどないのだから、義姉に何を言われても、奪われてもいいと思ってきた。

だけど、殿下だけは。

殿下だけは――。


気づくと全身が冷えていて、次第にすべての音が遠ざかっていった。

そうしてはっと目を開けると、そこはレガート殿下の執務室だった。

「夢――？」

そうか。またレガート殿下の夢を見てしまったのか。

相変わらずリアルな夢だ。

声も、自分の感情も。

まだ胸が重い。手のひらをぎゅっと握りしめるとひんやり冷たかった。

まさに今実際に見聞きしたかのように、体は動揺したまま落ち着いてくれない。

苦しい。

どうしてこんなにも嫌だと思っているのだろう。義姉は元々レガート殿下の婚約者だったのに。

平民の私が成り代わるなんて身に余ると思っていたはずなのに。

そうして呆然としているうち、ノックの音が響いた。

慌てて「はい」と答えると、ガチャリとドアが開いた。

レガート殿下だ。

「――寝ていたのか？」

「……、失礼しました。つい気が緩んで」

「いや、かまわないが」

目の前にレガート殿下がいる。

ここには今、私と殿下の二人きりだ。だけどさっきまで殿下は義姉と二人きりだった。

違う、あれは夢だ。現実じゃない。なのにどうしてこんなにも胸が重いのか。

自分が自分じゃないみたいに、頭も言葉も整理できなくて、だからただ必死に、縋《すが》るようにレガート殿下を見つめるばかりになってしまった。

そんな私を見つめ、レガート殿下は、やはりな、というように小さくため息を吐き出した。

「見たのだな」

「――え？」

「今、クリスティーナと会ってきた。サファイアのネックレスを渡した」

私が今見た夢と同じ。

「何故……？」

思わず口からこぼれた。

レガート殿下は私の隣に腰を下ろすと、胸元からしゃらりと音をさせて何かを取り出した。

「それは、母の——！」

大ぶりなルビーのネックレス。義姉が謁見の間で身に着けていたものだ。

「これを取り戻すためだ。『見たところ古いもので歴史的価値はありそうだが、売っても金銭的価値は低いだろう。そのようなものよりもこのネックレスのほうが似合う』と言って、派手な装飾のいかにも高価そうなネックレスを渡した。それを、私が選んだものを彼女に身に着けてほしいと思っているように誤解したようだが」

——誤解。

「『これから一生を共に過ごすのだから、好きにならなければならないと思っていた。好きになろうと思っていた。だが努力ではどうにもならないこともあるのだと知った。誰にでも不可能なことはある。だからあなたができないことばかりで逃げ出したくなった気持ちも理解できるし、個人として責める気はない』とも伝えた」

「お義姉様は……」

「『はあああぁ？』と思い切り顔を歪めて怒って去って行った」

ですよね……。

そんな恥ずかしい誤解、あるだろうか。

いたたまれない。

いたたまれない――！

私は思わず顔を覆った。

なんだろう。義姉と一緒に辱めを受けた気分だ。共感性羞恥というやつか。とんでもなく耐え難い。

「やはり中途半端にしか聞いていなかったのだな。聞くなら最初から最後まできちんと聞け」

「いえ、そんなの、私の自由になることではありませんし」

「力に使われるな。制御しろ」

「そんなこと言ったって――――え？」

殿下は今、なんと？

「指輪の力だろう。内側に書かれていた文字を調べた。あれは古語では『夢』ではなく『眠り』。『眠りにつくと魂だけとなって対の指輪の相手の所へ飛んでいく』という意味になるようだ」

夢じゃない？

魂となって相手の所へ、って――つまり、全部、現実？

よく考えてみれば、初めて入ったはずのこの執務室は夢で見たものと同じだ。

本棚の場所も、机の場所も、調度品も何もかも。

「何度も言っただろう。俺は俺だと」

「殿下……、また『俺』って」

「私的な空間でまで周囲に気を遣う必要はないだろう」

私の妄想ではなかった。現実と妄想が区別できなくなっていたのでもなかった。

私が勝手に一人称が『俺』である殿下を作り出したのではなかった。

肩から力が抜けていき、しかしまた強張った。

待て。あれらが夢でないとしたら――。

「いつまで夢だと思い込んでいるのかと思ったが。やっとわかったか」

殿下がソファの背もたれに頬杖《ほおづえ》をつき、やれやれというようにこちらに目をやった。

「な――、何故言ってくれなかったのですか⁉」

「言ったつもりだが？　ローラが強固に夢だと思い込んだだけだ」

「いえ、もっとはっきりと――」

「つまらないだろう。せっかくあの姿の時は警戒心が解けているというのに」

「べべべべつに普段だって警戒しているわけでは」

「相変わらず近づくと肩に力が入るようだが？」

いやこの会話前もした！

「ちょ、ちょっと待ってください！　頭を整理したい！　野獣な殿下が実は本物の殿下で、じゃあ昼間の武骨な、だけど時々なんかちょっとだけ意地悪な気がする殿下は？」

「だからどっちも俺だと言っているだろう」

この会話も前にした気がする！

「な、なん、なん――⁉」

混乱しすぎて言葉にならない。いったん落ち着きたい。

なのに殿下が面白そうにこちらをじいっと見つめているから！

「見ないでください」

「無理だ」

「⁉」

野獣だ。

野獣な殿下がいる。

「今は昼ですよ！」

「関係ない」

夜は野獣、昼間は武骨な殿下というわけではないのか。

――そうか。昼間はいつも周りに人の目があった。

けれど今は二人きり。

だから殿下は楽な態度をとっているということ？　だったらやっぱりこちらが素なのか？

「もう一度目を閉じたら夢から醒めるのでは――」

「俺の隣で目を閉じるというのがどういうことかわかっているか？」

「やめたほうがいいということはわかりました」

「冗談だ。同意なしに手も口も出さない」

レガート殿下が楽しげにふっと笑ったのが悔しくて、思わず睨むような目を向けてしまう。

「わかったか？　俺は努力をしたが、クリスティーナを好きにはなれなかった。俺はローラのことは見ないように努力してきたが、彼女がいなくなり、そこにいたローラを見ないことはもうできなかった」

笑みはもうどこにもない。真っすぐな瞳が射抜くように私を見ている。

「心から欲しいと思ったのはローラただ一人だ。だから婚約者にと望んだ。俺の私利私欲にたくさんの言い訳をつけて」

頭が真っ白になるというのはこういうことだろうか。

何も考えられない。

ただ、今聞いたばかりの言葉がくるくると頭の中を駆け回っている。

「だから変な誤解をされると困る。クリスティーナにネックレスを渡したのはローラの母の形見を取り戻すためだ」

そう言ってレガート殿下はネックレスを掲げ、チェーンの両端を持ち私の首の後ろへと手を回した。

「このネックレスは下町で生活が苦しかった中でも金に換えず、手元に残した特別なものなのだろう。だから指輪と同じようにこうしてみれば早いのではないかと思っていた。だが俺の思い違いで、何の変化も起きないかもしれんし、もし仮に何か起きたとしてもそれをクリスティーナが目の当たりにしたらまた騒ぐやもと──」

言いながらレガート殿下がかちりと留め具を嵌《は》め、大きなルビーが私の胸元に落ちた。

レガート殿下が引いた手が首元に触れて、一気に顔が赤らむ。

この至近距離でこれは恥ずかしすぎる。耐えられない。思わずばっと背を向けた瞬間だった。

すぽんっ、というようにネックレスから何かがはじき出され、そのままそれはどすんっと音を立てて床に落ちた。

「ぐえっ」

落ちたのは人だった。

いや人型の何か?

いや人だ。

人……? 人がネックレスから出てくるだろうか。

十代か二十代の平民というような格好で、透き通るような金色のさらりとした髪のその人は、

「いたたた……」と腕で床を押して起き上がりながら、はっとしたように周りを見回した。

その顔がこちらを向いた瞬間、はっと息を呑んだ。

「ハンナ叔母さん⁉」

「あらやだローラ。大きくなってる」

探しても見つからないわけだ。そんなところにいたなんて。

いや、絶対普通の人じゃない。肌も綺麗で皺《しわ》もなく、十年の月日の経過が一つも感じられないのだ。声も、その姿も、私の記憶と何も変わっていなかった。

「一体何がどうなって叔母さんが現れたの？」

「ああ。あのネックレスをローラがつけたからね」

そう言って叔母は私の胸元を確かめるように見た。

「もっと説明をください」

「だからぁ、……って。ローラ、あなたどこまで知っているの？　もしかしてまだ何も知らない？」

「どこまでって……。どこからどこまでを指しているのかさっぱりわからないわ。全部説明して。順を追って、一から全部」

「あー……。でも、誰、その人。聞かれても困らない？」

「この国の王太子、レガート殿下よ。殿下には何を聞かれてもいいわ。だから話して」

さすがのレガート殿下も困惑したように成り行きを見守っていたが、秘密は厳守するというように頷いた。

「ふうん。いいけど、その前にさ、この部屋に花とか飾ってないの？　切り花でもいいし、何なら草とか葉っぱでも何でもいいから植物をここに持って来てくれない？　お腹が空いたわ」

空腹で花を要求してくるのは絶対普通の人じゃない。

「しばし待て」

レガート殿下は一度叔母をソファの後ろに隠すと一人で外に出て、すぐに戻ってきた。どうやら廊下に飾られていた花瓶ごと持ってきたようだ。

「助かるわ、一本二本じゃ全然足りないから」

レガート殿下がテーブルの上に花瓶を置くと、叔母は「よいしょ」と掛け声をかけた。

その途端、ぽんっという小さな破裂音が響き、叔母の姿が消えた。

違う。空中に小さな羽虫のようなものが飛んでいる。

顔は叔母。けれど大きさは私の手のひらに載るくらいで、葉を縫い合わせたような服を身に纏《まと》っていた。

「ふぃ～」

昆虫のものに似た透明な羽をぱたぱたと動かし、疲れ切ったかのようにふわふわと花瓶に生けられた花のほうへ飛んでいくと、その上にぽすりと体を下ろした。

「ハンナ叔母さん……？」

「うん。私、妖精ね。だから実はローラの叔母ではないのよ」

叔母ではないのだろうなとは思っていた。しかし妖精だとは思いもしなかった。

共に暮らした人たちが元王女だとか、妖精だとか、予想を軽々ぶっ飛んで超えてくるこんな事態の連続、そうそう理解は追い付かない。

妖精というものが実在するとも思っていなかったし。

「ハンナっていうのもマーガレットがつけた名前。本当の名前は長いからどうせ覚えられないだろうし、慣れてるからハンナでいいわよ」

「マーガレットって？」

「シーナのことよ。あなたの母親。ずっと偽名で暮らしてたからローラは知らないのね」

「偽名……ということは」

「そう。クレイラーンの王女だってバレたら面倒だから。それはもう知ってる？」

「ついさっき知ったところよ。面倒ってことは、お母さんはクレイラーンで何か逃げなければならないようなことをしたの……？」

「いいえ？　むしろ逆よ」

花の上に寝そべる格好になったハンナは、クライゼルに来ることになった経緯を話してくれた。

掻《か》い摘《つま》むと、このようなことらしい。

母はクレイラーンの王女として生まれた、緑が好きな子どもだった。

ゆえに、王宮でも花を育てており、いつも緑に囲まれて過ごしていた。

そうしているうち、都会的な暮らしが好きで王宮の園庭に住んでいたハンナが母に興味を持ち、話しかけるようになった。さらには人の暮らしをしてみたいと言い、母の侍女として城内で暮らすようになったのだそうだ。

そんなハンナを見て、他の妖精たちも母だけに姿を見せるようになっていった。

母はいつも植物を育てていたことで緑の妖精と親和性が高かったらしい。

そこでハンナが媒介としてルビーのネックレスを渡したところ、植物の多くはない王都でも母から力が供給できるようになり、母の身近には妖精が増えていった。

その代わりに、妖精たちは頼みごとを聞いてくれたのだそうだ。

とはいっても普段は姿を隠しているため、人々は妖精の存在を信じていない。母も彼らの存在を明かすことはなかったが、妖精の力を借りてあれこれしていくうちに、まるで聖女のようだと噂されるようになった。

だがある時、異変が起きた。

王都近くの森林が伐採され始め、妖精が怒って王宮に押し寄せたのだ。

森林は妖精たちが多く住み、湖を囲んでいることで様々な動物たちの住処《すみか》ともなっていた。

母はすぐに伐採をやめるよう父親である国王に進言したが、まるで聞いてもらえない。

さらに怒った妖精たちはその姿を国王の前に現し、元に戻すよう訴えたが、国王はわかったと言いながら森林伐採が取りやめられることはなかった。

伝達が遅れているに違いないなど、のらりくらり言い訳を繰り返し、嘘をつく国王に、妖精たちの怒りは爆発。結果、王都に流れ込む川の水を止めてしまったのだ。

そこに至ってようやく国王は森林伐採の中止を通達したが、妖精たちの怒りは収まらなかった。元に戻せというのが妖精たちの要求であり、新たに木を植えても人間の力でそれを元と同じ高さまで一気に育てることはできない。

時間が欲しいと妖精たちに頼むも、聞き入れられることはなかった。彼らは戻すこともできないのに森林を伐採した人間に怒っていたのだ。

このままでは妖精たちが何をするかわからないと恐れた母は、隣国のクライゼルにも豊かな緑がある、新しい土地もきっと楽しいだろうから、一緒に行かないかと妖精たちを誘い、なんとか気を逸らした。

それで護衛騎士であり、恋仲でもあった父と共にクレイラーンを出て、妖精たちを新たな住処へと連れて行った。

しかしハンナは都会暮らしが好きだから、森には残らずクライゼルの王都に行きたがった。

父と母も王都で暮らすことになったが、あまりに生活力がなく、見かねたハンナが城で侍女として働いた経験を活かし手助けすることになった。

それでハンナは母の妹ということにして、三人で暮らし始めたのだそうだ。

「ローラが生まれて、マーガレットは言ったのよ。城を出なかったらローラを自分の手で育てることはできなかった。今が一番幸せだ。だから私たち妖精には申し訳なかったけれど、きっかけをくれて感謝してる、って」

そんな母が早くに亡くなってしまったのは、クレイラーンの王宮にいたころよりもずっと多くの妖精たちを引き連れて移動する間、自らの力を分け与えていたことが原因だったそうだ。体の許容量を超え、負荷をかけ続けてしまったのだろう。

ハンナも人間がそんなことになるとは知らず、何とか助けようとしたが、妖精から人間に力を注ぐことはできなかった。人が生きるのに必要なエネルギーを妖精は持っていないからだ。

母が辛い思いをし、早くに亡くなったのは祖父のせいだと言える。そのことに黒い気持ちが湧いたけれど、ハンナが語ってくれる母の姿にはどこにもそんなものは見えなかった。

そうだった。母は誰かを恨んで生きるような人ではなかった。母は自ら進む道を決め、幸せを求めて生きたのだろう。

だって、頭に浮かぶのは笑顔ばかりだ。私にとっても、下町で暮らした日々はかけがえのないものだった。

それを思い出せたから。母のことを話してくれたのがハンナでよかったと思う。

「ローラの母がファルコット伯爵の後妻にという申し入れを受けたのは、先が長くないと知っていたから、か……」

「そう。それにあの人は、指一本触れないから家に来て欲しいって言ったのよ。とても見ていられないから、って」

「お義父様が……」

体調も優れない中、慣れない労働をする母を見かねたのだろう。

「これでマーガレットとローラはもう心配いらない。だから私はルビーの中で眠ることにしたのよ。クライゼルの王都はクレイラーンよりも緑が少ないし、もうマーガレットから力をもらうわけにはいかなかったしね」

緑豊かな場所に移動したくても、その分の力は母にもハンナにももうない。だが力の結晶であるルビーの中なら供給がなくても凌《しの》げるし、休めば少しずつだが回復する。

伯爵家に行けば、私がもっと野菜を育てるのではないかと思い、目覚める時を待っていたのだそうだ。

「それがどうして今いきなり目覚めたの？」

「ローラがネックレスをつけたからよ」

「でも、私の前にお義姉様がつけていたわ。その時は何故目覚めなかったの？」

「その人、緑を育てたり、緑に近い場所で暮らしてたりした？」

「ううん、全然」

「だからよ。ローラは子どもの頃から野菜を育てていたから、ネックレスをつけることで私に力を供給できるの。クライゼルには聖女っていうのがいて、魔力がすごいらしいけど、私たちが必要としてる力とは違う」

様々なこととの答えがわかった。

しかしあまりに一気にたくさん知ってしまい、まだ混乱していた。

代わりに「なるほどな……」と口を開いたのはレガート殿下だ。

「ローラの母は逃げたのではなくクレイラーンを救ったのだな。だからクレイラーンの国王も連れ戻すことはできなかったのか。だが、だとしたら何故エドワード殿下は『元王女の娘』をクレイラーンに連れて帰ろうとしていたのか」

「はあ？　何か企んでるならこの国に移住してきた全妖精が激怒して、クレイラーンを滅ぼしに行くわよ」

「怒りは根深いのだな」

「当たり前でしょ？　あの国王、マーガレットと似てるのは髪だけよ。こっちはあの国のためにいろいろ言ってあげたってのに、全然人の話を聞かないんだから」

怒りを再燃させそうなハンナの様子に、慌てて話題を逸らそうと私はハンナが眠っていた間のことを話した。

「ふうん。相変わらず人間は面白いわね。だから都会が好きなのよ。貴族とか王族だなんて、本当に飽きないことばかりなんだもの。自分に害がない限りはね」

都会が好きって、そういうこと？

でもたしかにハンナは下町にいたときも近所の噂話だとかそういうのを聞いてきては、嬉々《きき》として話してくれたような気がする。

「ハンナにはずっとお礼を言いたかったの。恩返しもしたいと思ってた。両親と私だけじゃきっとまともに暮らしていけなかったと思うから。まさかこのネックレスにそんな力があるなんて思いもしなかったから、会えるまでに随分と時間がかかってしまったけれど」

複雑な思いもあるが、母が追われる身ではなかったとわかってほっとしたし、何より両親のことを聞けたのは純粋に嬉《うれ》しかった。

「まあ、私は眠ってたからローラと別れたのも昨日の出来事だけれどね」

「妖精というのは想像もつかないような力を持っているのだな。このネックレスも指輪のようになんらかの力があるのではないかと思いはしたが」

レガート殿下がしげしげとネックレスを見る。

「そういえば……。ハンナ、この指輪も妖精がくれたものなの？」

「ああ、それは昔私が作ったのよ」

「ハンナが⁉」

万能すぎないだろうか。っていうか、昔ってどれくらい前なんだろう。レガート殿下は歴史的価値がありそうだと言っていたけれど。

「身分違いの恋ってやつをしている人間がいてさ。なんで一緒になれないのか私にはわからないけど、ダメって言われてるのに会えたら面白いじゃない？　だから作って渡してみたの。それからその存在をずっと忘れてたんだけど、ある日アレックス――ローラのお父さんが護衛から外されて、マーガレットが泣いてたから、思い出して、探してみたの。そしたら王宮の奥に仕舞われてたからマーガレットにあげたのよ」

自由過ぎないだろうか。王宮に侵入し放題ではないか。

だが妖精にしてみれば、人間が定めた領域なんて、知ったことではないのかもしれない。

「だから離れ離れになっていても、マーガレットがアレックスに森と妖精のことを相談できたわけで、一緒に国を出ることになったのも、身分違いだった二人が結婚できたのも、つまりは私のおかげってことよ」

「なるほど。眠気を待てばいいだけなら、距離が離れるほど手紙を待つより早いわね。いい連絡手段だわ」

王宮の奥で眠っていたなんてもったいない。

「それほど使い勝手はよくないと思うけど」

「どうして？」

「この指輪は片方を左手の薬指につけると、好きな相手の右手の人差し指に勝手にはまってしまうし、思い合っていなければ眠っていても会いにはいけないもの」

レガート殿下の手元を見下ろすと、きっちりとはまった指輪が今もある。

私が、レガート殿下を好き？

レガート殿下も、私を好き？

「好き——っていうのは、人として？」

「そんな生温いもんじゃないわよ。無防備な魂だけの姿で会うほどの相手なんだから」

待ってほしい。

いつの間に私は殿下を？

恋がどういうものなのか、人から伝え聞く限りでしか知らないのに。これまで誰かを好きになったこともない。

いや、ハンナの話からすると自覚がなかっただけということになる。

それをいきなり突きつけられるって、ある？

今日はなんて日なのか。これは走馬灯だろうかというほどに目まぐるしく様々な事実が押し寄せ、頭がいっぱいな上に感情まで忙しすぎる。

私はいつから殿下のことが好きだったのだろうか。

令嬢たちは筋肉がどうのという視点でばかり話すけれど、私はあまり気にしたことはない。

殿下は誠実で、武骨で、だけど意地悪なところもあって——優しくて。婚約者となってからは、いつも私を気遣ってくれていた。

そんな殿下を好きだとは思うけれど、恋だとかそういうふうに考えたことはなかった。

だって、好きになるとすぐに会いたくなるというけれど、私はつい距離を取りたくなったり、別れるとほっとしたり。

――いや、でもすぐになんだか寂しいような、妙に別れがたい気持ちにもなるんだけど。

生徒会ではよく言い合いのようになっていたし。

――でもそれはお互いにこれまで過ごしてきた価値観や考え方の違いもあったし、違う人間なのだから違う意見なのは当然のことだし、よく話せば殿下の意見も納得できた。

むしろ私とは違うものの見方ができる殿下を尊敬していた。

だが恋をすると視野が狭くなるという。別に私はレガート殿下のことしか見ていないわけではないし、いいところしか見えていないわけでもない、と思う。

――ただ、アンジェリカ様が言うように、仏頂面が嫌だとか、会話に心がないとか思ったことはないし、自分の立場に戸惑っただけで、一生を共に過ごす相手がレガート殿下であることを不安に思うこともなかった。

しかし、そうだ、私は殿下に意地悪なところもあると知っている。

――それを嫌だとは思っていないけれど。

待て。よく、よーく考えてみよう。

レガート殿下の他に結婚したいと思う人はいるだろうか。

いや、いない。今後そんな人が現れるような気もしない。

もしもまたレガート殿下の婚約者が義姉に戻ったとしたら――そんなのは耐えられない。二人きりで殿下がネックレスを渡しているのを見ただけで、あんなにも心が乱されたのだ。

他の誰かとレガート殿下が結婚するなんて、嫌だ。

そう考えた時、腑《ふ》に落ちた。

本当に私はそういう意味で、レガート殿下が好きなのだ。

「そうか」

顔を上げると、そこには口元に柔らかな笑みを浮かべた殿下の顔があった。

たったその一言に、一気に顔が熱くなる。

なんてことだ。私の恋心は自覚するよりも先に当人に告げられてしまったのだ。

なんて惨《むご》い。

「もっと時間がかかると思っていた。何年かけてでも、と覚悟していた」

「いえ、あの――」

「まあ、ハンナがいなければ実際に何年もかかっていただろうがな」

否定はできない。だって、母の指輪をはめた時には既に好きになっていたということで、それなのにいまだに気づきもしなかったのだ。自分のことながら否定しようもなく鈍い。

「少しずつ伝えていくつもりだったが。これからはもう我慢しなくていいということだな」

「ま、待ってください、あの、お手柔らかにお願いします」

「断る」

にっこりと、初めて見る爽やかな顔で殿下が笑った。

何その眩《まぶ》しい顔――！

好きだって自覚した途端にそんな顔、心臓が破裂するんですけど!!

自分のことばかりだったけれど、レガート殿下も私を好きでいてくれたということで、それを考えただけで心臓がばくばくとうるさくて耳がまともに機能していないというのに。

「やっと言える」

レガート殿下は私の心構えもできていないうちに、真っ直ぐに私を見つめて言った。

「好きだ」

それはたったの一言で。

なのに私の喉はカラカラになり、顔がこれまでになく熱くて。

私は必死に声を押し出した。

「私も、殿下が好き、なんだと思います」

「――『思います』？　この期に及んでか」

「だって、今ハンナに知らされたばかりで、たぶんそうなんだって納得したばっかりで、まだ追い付いてないんです！　でも、優しくて、いつでも人の話を聞き、そして私の心を守ってくれる殿下が、好き、……です、たぶん」

ヘタレめ!!

たぶんはいらなかったと思うのに、どうしても逃げ腰になってしまう自分が嫌になる。

だがこれが精いっぱいだった。

そんな私をレガート殿下が、ふうん、とでも言いそうに眺めていることがわかったけれど、私は萎れたまま顔を上げられなかった。

「『優しくて』、か。俺を野獣だなんだと言っていたがそれはいいのか？」

「結局いつでも私を尊重してくださっていたことはわかっています。私が本当にもう無理と思うようなことは決してなさいませんでしたし」

そりゃあ物理的に何もできんしな。と言いたいのはわかっていたが、そういうことではなく。

「夜にお会いする殿下も、昼に少しの距離を取って寄り添ってくださる殿下も、どちらも好きです」

言った！

今度こそ、『たぶん』も『思います』もつけていない。

やり遂げた感いっぱいで殿下を見上げると、そこには黒く短いツンツンとした髪があるだけ。

何故だか殿下は私に背を向けていた。

思わずひょいっと覗《のぞ》き込むようにすると、そこには片手で顔を覆った殿下がいた。

手からはみ出た頬と耳が赤い。

いや、待って！　言うように仕向けたのは殿下では?!

そんな顔をされたら、こちらまでまた顔が熱くなるじゃないですか。

そう文句を言いたいのに、喉が詰まって全然言葉にならない。

「はいはい、よかったわね。めでたい、めでたい」

そんな声にはっとして花瓶を見ると、ハンナが生けられた花の上で寝そべり、「もういい？」というようにこちらを眺めていた。

「とりあえずさ、私を緑のあるところに連れて行ってくれない？　王宮なら庭園もあるだろうけど、ローラもまた何か育ててるんでしょう？」

「あ、うん。野菜と、花も育てているわ。今もファルコット伯爵家のお屋敷でお世話になっているから、そこに連れて行くわね」

ハンナはまだ力を取り戻せていないのだろう。十年ぶりの再会となるわけで、話したい事や聞きたい事はまだまだたくさんある。

「そうして～」

そう言ってハンナはふらふらと飛び私の肩にすとんと下りた。

「ではレガート殿下、これで失礼いたします。また新しいことがわかったらお伝えしますので」

何と言えばいいのかわからなくて、そんなことしか言えなかった。

けれど。

「ああ。待っている」

まだ頬が少し赤い。そんな殿下にどぎまぎしながらも、私は礼をして——そしてハンナがぐえっと落っこちて、慌てて拾って——執務室を後にした。

「せっかく指輪にこんな力があるのですから、有効活用しないとと言っているのですよ。夢だと思っていましたが、夢ではなく現実なのです。こんな最強な間者がいますか？」

「本当にその姿が見えるのが俺だけだという保証はないだろう。カインツが鈍いだけかもしれんし、勘の鋭い奴には見えなくても気づかれる可能性だってある」

「いいえ。私はやります。自分のことですから、自分で片をつけませんと」

「俺が信用できないか？」

「そういうことではありません。やれる方法があるのならやるまでです。ですから、今宵私はエドワード殿下の元に忍んでまいります」

家に帰り、私が野菜を育てている庭にハンナを連れて行くと、うとうとしていたらしい目をぱっと開けて、飛び込んでいった。

羽をぱたぱたさせ生き生きと飛び回るハンナは「今日はずっとここにいるわ」と葉の間に姿を消した。いろいろと聞きたいこともあったが、回復が最優先だ。

そうして私は寝る支度を済ませてベッドに入り、今夜も殿下の元へとやってきたわけだが。

誰にも見られずに動き回れるのだから、それを活かさない手はない。

「婚約者がありながら、他の男に夜這《よば》いをかけるのか。俺のベッドには来てくれたこともないのに」

「それですよ。レガート殿下は一体いつ寝ていらっしゃるのです？　いつもいつも私が夜にこうして訪れる度に執務室で仕事をしていらっしゃいますよね。あと実体もないのですし夜這いではありません。エドワード殿下の意図を探りたいだけです。今日のように後手後手に回ると情報ばかりを取られ、不利になりますから」

反論は受け付けぬ勢いで私がまくしたてると、レガート殿下は明らかに不満そうに口を結んだ。

「面白くないな」

気づけば私はレガート殿下の両腕の間に閉じ込められていた。

背中はソファ。

眼前にはレガート殿下の仏頂面——のようで瞳の奥がなんか楽しそうに見えるのはなんだろう。

「面白いとか、面白くないとかではなく——」

「昼間、想いを通じ合わせたばかりなのに」

それは、そうだけど。

昼間からの今だからこそ、顔を合わせているのがとっても気まずいのであって。なのに眠れば強制的に魂だけとなって殿下の傍へと連れて来られてしまうのだから、ハンナにはちょっとなんとかしてほしい。

「少しくらい、浸らせてくれてもいいだろう」

そう言って、レガート殿下の手が私の頬にそっと伸びた。

触れられればしないとわかっているのに。このままだと心臓が爆発する。そんな生存本能が働いたのだろう。

私はソファからずるんと体を滑り下とし、レガート殿下のゆるくてがっちりとした拘束から逃れ、部屋のドアまで一気に距離を取った。

こんなことができるのも生身の体ではない今だからこそだ。もっと言えばレガート殿下の体とてすり抜けられるのもわかっているけれど、それができるなら手を伸ばされたくらいでいちいち動揺しない。

「持っているものは有効活用、ですよ！　では！」

そうしてレガート殿下に背を向け、扉をするりとすり抜けた。

正直、レガート殿下と顔を突き合わせているのは、まだ気まずいというか恥ずかしくてたまらない。だから逃げたかったのもあるけれど。

誰だって憧れるものなのではないだろうか。

もしも誰にも見られず自由に動き回れるとしたら？

冒険心が疼《うず》かないわけがない。

何よりも、明日になればまたエドワード殿下や義姉が何か仕掛けてくるかもしれない。

後手に回り、囲い込まれるような事態だけは避けたい。

私はこれからもずっとこの国に――レガート殿下の側にいたいから。

確か、エドワード殿下たちが与えられた部屋はこの辺りのはず。

私は失礼しますと心の中で頭を下げ、まず手近にあった扉をすり抜け、部屋に侵入した。

エドワード殿下ご一行の部屋だとかの名札がかかっているわけもないから、手あたり次第に中を覗いて確認するほかない。

ぱっと見てエドワード殿下が見当たらなければ次へ行こうと、すぐにくるりと扉に向き直り、いや待てよと動きを止めた。

そして九十度体の向きを変え、隣の部屋と接している壁に向かう。

廊下に沿うようにして歩けば次々と壁を突き抜けながら部屋を横断でき、思ったよりもすぐに項垂れるエドワード殿下に遭遇した。

向かい側のソファの横に立った側近は天井を仰ぎ見ている。

「やっと行ったな……」

「はい……。途轍《とてつ》もなく疲れました」

エドワード殿下は膝に肘をついてうなだれ、長い長いため息を吐き出した。

「婚前で寝室を共にするつもりだったとは。しかもこんな隣国の王宮でだぞ？　私がそんな人間に見えていたということがまずやるせないのだが、そもそも何故彼女は私の婚約者だなどと言い出したのか」

「殿下が『あなたはクレイラーンにとって大切な人になるかもしれない。待遇は保障する』と言ったからではありませんか？」

「それだけで？？？　たしかに誤解されるような言い方だったかもしれない。だがそれだけで？？？」

え。まさか本当にそれだけ？　求婚もしていないの？

義姉の話だろうとすぐに察せられたものの、あらゆる単語が引っかかる。

「持って回った言い方になったのがよくなかったのでは？」

「クライゼルの聖女であり、クレイラーン現国王の妹で聖女とも呼ばれた人の娘であるなら、今のわが国を救えるかもしれない、だからクレイラーンに来てくれ、とは言えないだろう」

たった一言で知りたかったことは全部わかった。

けれど救うとは？　クレイラーンで何かあったのだろうか。

「たしかに私は報われないクリスティーナの境遇に同情し、もっと相応しい場所へ連れて行ってやりたいとは思った。心はぼろぼろだろうと思ったからこそ、これ以上傷つけることのないよう、慎重に伝えたつもりなのだが。言葉とは難しい……」

エドワード殿下は頭を抱えてしまったが、まあたしかに誤解する余地はあったかと思う。

ただ、『もしかして……?!』の段階が存在しなかったのではないかというほど強固に、婚約者として求められたのだと義姉が思い込むのは想定外というのもわかる。

「しかし、あの様子からするに、クリスティーナ様が仰っていたことはほとんど嘘……という自覚があるのかないのかはわかりませんが、いずれにせよ事実とは異なるのでは？」

「そう……なんだろうな。わざわざ顔を隠している淑女のベールを剝ぎ取るような令嬢が、何もかもをみすみす奪われるというようなことがあるとは思えんし。よしんば奪われたとて取り返すだろう」

「黙って奪われているような方ではありませんよね。むしろあれだけけたたましく文句を垂れる方から奪えたとしたら、その方は女傑か心の筋肉を鍛えすぎた方だと思います」

だな……というように二人は顔を見合わせ、再び大きなため息を吐き出した。

「マーガレット様の娘も、どこからどう見ても瓜二つ《うりふた》なローラ様のほうなのでしょうね。何故マーガレット様の肖像画に描かれていたネックレスをクリスティーナ様がお持ちだったのかはわかりませんが」

「形見分けで譲り受けたのだろう。クリスティーナがクライゼルの聖女だということもあって、マーガレット様の娘に違いないと早合点してしまった」

「さんざん泥棒だと聞かされていたローラ様のほうがクリスティーナ様よりよほど冷静でしたね。泥棒というのも、よくよく聞けばたしかに捨てられたものを拾わずにおくこともできない状況だったと容易に想像がつきましたし、むしろ尻拭いをさせられていたというほうが正しいのでは。しかし、自らを高い地位に置くことが好きそう……というかその地位に執着している様子ですのに、何故クリスティーナ様はそれらを捨てたのでしょうね。今またクレイラーンの王子妃になろうとしているのも不可解です」

「レガート殿下とは相性が合わなかったのではないか？　独占欲の塊のようだったからな。あれでは女性も逃げるだろう」

「エドワード殿下は女性というものをわかっていませんね。そういうのを喜ぶ女性は多いのですよ。束縛とは似て非なるものです」

「そうなのか……？　では私がローラ嬢に同じようにしたらクライゼルを見限ってクレイラーンに来てくれないだろうか」

「あのお二人に割り込む隙などないように見えましたよ。それがわからないから殿下はおこちゃまだというのです。恋愛の機微というものをわかってらっしゃらない。行動だけ真似すればどうにかなるのでしたら世の男女は誰も苦労しておりません」

「うるさいぞ」

なかなかに仲の良い主従のようだ。もしかしたら乳兄弟のような関係なのかもしれない。

エドワード殿下は威厳を取り戻すように顔をキリッとさせて仕切り直した。

「すべてはクレイラーンのため。なんとか以前のように緑を取り戻さねば、動物も減り、食糧が減っていってしまう。それもこれも、マーガレット様が国中の妖精を連れて出て行ってしまったからだ」

「すべての森を切り拓こうというわけではないのですから、妖精がへそを曲げたりせず、住処を移してくれたらそれでよかったのですがね。王都近くに森があるのに、わざわざそれを避けて遠くから木を切り出して運ぶのは人手も費用もかかりすぎます」

なるほど。それで王都近郊の森が集中的に伐採され、動物も妖精も住めなくなったのか。

クライゼルの王都に緑が少ないのは、森を切り拓く手間がない開けた場所に王都を築いたからだという。

逆にクレイラーンは大軍が攻めにくいようにと、敢えて森の近郊に王都を築いたのだと習った。だから森を切り拓くのは当たり前の感覚なのかもしれないけれど、同時に森は守りのために必要なものだったはず。軍備が整い、時代と共にそれも変わったのだろうか。

戦いのない平和な世では人が増える。人が増えれば住む場所が必要で、木を伐採せねば家も作れない。橋だって店だって作れない。必要なことであるのはわかるし、綺麗ごとだけを言っていても国は発展しないと言われればたしかにそうだろうけれど、本当の豊かさってなんだろうと考えてしまう。

まあ、人間の都合を押し通して効率を重視し妖精や動物を軽視した結果、自分たちが困っているのだから失敗としか言えないと思うのだが。

クライゼルでも無計画な伐採により山崩れを起こしたことがあると、義姉の代わりにまとめた第三代王妃マリアンヌ様の日記で読んだ。だがそれから保全すべき場所や木の伐採をしてもよい場所を定めるようになったそうだし、木を切るだけでなく苗を植えて育て始めた。

マリアンヌ様も繰り返し『大事なのは失敗した後にどのようにするか』だと説いていたけれど、人間の都合を押し付けておきながら妖精に頼ろうとしたり、そもそもが妖精のせいだと考えるとは。もっとちゃんと逃げずに原因と結果を真正面から見ろと言いたい。

単純な話、人間がしたことは人間の手で始末をつけるのが道理で、それで害を被った妖精が力を貸してくれるわけもない。妖精が一度姿を現してまで話をしているのに、人間は聞かなかったのだから。

「ローラ嬢があれだけマーガレット様に似ているのなら、その力も引き継いでいるかもしれない。なんとか彼女にわが国に来てもらい、妖精たちを呼び戻してもらえないものか」

「しかし……。クライゼルが聖女に頼らず国民の力で国を守ると決めたのは、国防を一人の人間に依存することの危険性がクリスティーナ様により証明されたからなのでは？　その点、わが国はずっと聖女などおらずとも国として成り立ってきましたし、マーガレット様が例外だっただけです。国王陛下は聖女にも妖精にも頼らず国を立て直す方法を模索しておられるのですから、ローラ様を聖女として連れて帰ることがどれだけ歓迎されるものか……」

「だが妖精は川を堰《せ》き止めるほどの力を持っているのだぞ？　木々の生育を早めたり、森を復活させたりすることもできるかもしれないだろう」

「いや、それができるなら『森を元に戻せ』と怒って大挙することもなかったのでは」

たしかに。

「妖精も万能ではないのでしょう。それにその機嫌を保つ方法など、普段その姿が見えない人間にはわかりません。妖精をあてにするのは危険だと思います」

「だが私が次代の王として認められるには、それなりの功績がなければならない」

やはり王位を狙ってのことだったのか。

既に誰かが考えた策に同調し足並みを揃えているだけでは自分の力を示せないと踏み、別方向からの策を持ち込み、自らの力を見せようとしたのだろう。

しかし壁に張り付くようにじっと息を潜めながら様子をうかがうと、エドワード殿下の目には苦悩の色があった。

「兄上たちは優秀だが、側室の子だ。長らく子に恵まれなかった正妃の子である私を担ぎ上げようとする者たちと兄上たちを推す派閥の争いも激化してきている。誰かが命を落とすような事態になる前に、誰もが納得できる次代の王を陛下に決めてもらわなければならない」

なるほど。あくまで国の安定のために王位に就こうとしているのか。

「まあ……正直私が王になれるものなら王になりたい」

やっぱりか。

「妖精を操る力を持つマーガレット様の娘を連れ帰り婚約すれば、立太子は確実だろう」

はあ？　である。下町仕込みの口の悪さが抑えきれなくなりそうだ。

「エドワード殿下。クリスティーナ様には婚約を持ちかけなかったのに何故」

「クリスティーナには同情した。あまりに報われぬ境遇に自分を重ねもしたし、味方になってやりたいと思った。だが婚約など考えもしなかった。その理由がここ数時間で冷静になり、わかった気がする。あれは口を開けばずっと文句ばかりだ。言っている内容が正しいかどうかはこの際横に置くとして、いずれ自分が言われる側になるのは確かだ。しんどい未来しか見えんではないか」

「うわあ……。言っていることはわかりますが、うわあ……」

「うるさいぞ！　おまえだって見方は変わったんじゃないのか？　おまえに今彼女はどう見えているんだ？」

「まあ、結局『どう見たいか』なんじゃないですか？　殿下だって『哀れな令嬢のために立ち上がる自分』にだいぶ酔ってたから、よりかわいそうに見えてたんじゃないですか」

「おまえ、嫌なこと言うな」

「自覚あるんですね」

「うるさい。とにかく、拾ったからと言って婚約しなければならない道理などない。私は一言も結婚しようなどとは言っていないしな。だが共に来てくれるのであれば、聖女として満足な暮らしはさせてやれるだろう」

エドワード殿下は顎の下で手を組み、顔をキリッとさせた。側近はそんな殿下を見下ろすように半眼を向ける。

「神殿でも作ってそこに囲っておけば、他の王子も利用できず、エドワード殿下が一番の功労者となれる、という算段ですか。ゲスいっすね」

「無理強いをするわけではなし、彼女とてこの国にはもう居場所もないのだから、互いに利のあることだろう」

「でも彼女は結婚するつもりでいるようでしたけど？」

「無理だ。さっきのあれを見ただろう？　もはや怖い。何をするのかわからん人間と一生一緒とか嫌だ。女性にずっと傍にいたいと言われてぞっとしたのは人生で初めてだ」

側近と同じく下衆だなと思ったけれど、同情はする。義姉にも、エドワード殿下にも。

レガート殿下を鍛えすぎだと捨てて義姉的理想の王子様であるエドワード殿下に乗り換えた結果、こんなところでこんなことを言われているとは義姉も想像していないだろう。

見た目が王子らしいからといって中身が為政者として、人として優れているとは限らない。

さらに言えば、元聖女だからといってどこの王子とでも婚約できるわけではないし、王子に助けられたからといって幸せが決まっているわけでもない。

義姉は運と能力には恵まれていたが、それを活かすも殺すも何を選ぶか、どう行動するか次第なのだろうと、この主従の会話を聞いていて身に染みた。

「でもローラ様も実は同じような人かもしれませんよ。義理とはいえ同じ家に暮らしていた姉妹なのですし」

「いや全然違うだろう？　顔も好みだし。私はいつも明るく笑顔で支えてくれるような相手がいい」

残念ながらそれはただの外面《そとづら》だ。

「けっこう性格キツそうだなって思いましたけどね……」

ご明察。

「そうか？　控えめそうだし、いい妻になってくれると思うんだが」

もしエドワード殿下と婚約することになったら私は全力で抗うし、結婚せざるを得ないとしても
この人を支えようと奮闘するよりは、いかにして離婚し自由になるか計画を練るだろう。

ふと気が付いた。レガート殿下との婚約を言い渡された時はそんなことは考えもしなかった。今
その場に戻れるとしても、同じように悩みながら話を受け入れるだろう。

義姉の尻拭いのためだから。

いや。きっと、それだけではない。

王太子妃なんて大変なことはわかっている。それはどちらも同じだ。けれど相手が違うとこんな
にも受け止め方が違うものか。

レガート殿下なら。私はそう思ったから困難な道でも突き進むことを決めたのだ。

そんな物思いを、側近の男の長いため息が打ち破った。

「クリスティーナ様にもひたすら正論を返していましたし、殿下など秒で論破されるのではないで

すか？　殿下がそれに耐えられるなら別ですが、私に言われていちいち傷ついた顔をしているくらいなのですから、殿下のような見る目に乏しく考えの甘い方は、大人しく陛下の決めた方と婚約されたほうがよろしいかと思います」

「おまえ、この機にとばかりに言いたいだけ言ったな。まあ諦める前に、ローラ嬢を婚約者として連れ帰る方法を考えようじゃないか。何か接近するいい手立てはないか？」

「私はどうなっても知りませんよ」

「いいから。何かないか？」

「……学院の音楽祭はどうでしょう。王宮よりも学院のほうが近づく機会もあるのでは？」

　諦めたような側近の言葉に、エドワード殿下はぱっと顔を明るませて「それはいいかもしれんな」と頷いた。

「クリスティーナから、競い合うことで腕を磨けるだとかクレイラーンの威を示すためだとかで、私が優勝者を決めることにさせたと聞いた時は、なんてことをしてくれたのかと思ったが。ローラ嬢を評価し、クレイラーンに留学に誘うという口実ができる」

「ローラ様も参加なさるかはわかりませんよ。それに、ものすごく下手だったらどうします？」

　その通りだ。胸が痛い。

「たしかに……。ぜひ腕前を披露してほしいと話してみよう。それにどんなに下手でも、素晴らしい感性だと褒めればよいのではないか？　磨けば光る原石だ！　と」

感性は既にアンジェリカ様に揺らがぬ評価をいただいている。

そんな上辺だけの言葉を、全部裏側を聞いていて鵜呑《うの》みにすることはない。

この会話を聞いておいてよかった。何も知らずに感性など褒められたら何故そんなことを言い出すのかと不審げな顔を隠しきれないところだった。

その辺りまで聞いたところで、私の意識はだんだんと遠のいていった。


翌日。

学院へと向かう馬車の中で、昨夜聞いたことをレガート殿下に共有した。

不服そうな顔ではあったが、顎に手を当て考えるようにしながら聞いてくれた。

「どうしましょう。わざと下手な演奏などしたらアンジェリカ様の評価を下げてしまうことになりますし」

きっと扇で往復ビンタをされる。

「その場合もどうせ感性を評価すると言っていたのだろう？　だがそもそも悩む必要もない」

「どういうことですか？」

「普通に断ればいい。ローラは私の婚約者だ。おいそれと国の外へ連れ出せるわけがないだろう。留学だなんだと言われても、今は王太子の婚約者として学ぶべき大事な時だと言えば角も立たない」

たしかに。普通に考えてこの急な交代劇では、音楽留学などしている場合ではない。

「それに……いや、やめておこう」

「ええ？　なんですか、気になります」

「なんにせよ、ローラを連れて行かせはしない」

そんな言葉にいちいちどぎまぎしてしまう。動揺せずにいられるようになればいいのに。

必死に平静を装っていると、ふ、と笑う吐息が聞こえて顔を上げた。

「本当に根から真面目なのは私でもクリスティーナでもない。ローラだ。そんなことまで頑張らなくともいいのに」

平静を装っていることを見透かされることほど恥ずかしいことはない。

「今はそれも楽しいしな」

やっぱり昼も夜も殿下は殿下だった。

◇

それからはレガート殿下とアンジェリカ様の入れ代わり立ち代わり地獄のバイオリン多重奏な生活が続いた。

私が王宮に出向いてもエドワード殿下や義姉には会わずに済んでいる。エドワード殿下は元々の予定通り、謁見の翌日には城を出てクライゼルを見て回っているらしい。

義姉は城の部屋に留め置かれている。つまりは軟禁状態だ。

音楽祭当日を迎え、私は吐き気に見舞われるほどの緊張をなんとか腹に押し込め、レガート殿下と共に馬車に揺られていた。

「ローラはよく練習した。あの不協和音からここまで上達したのだから、胸を張って舞台に立てばいい。あとはやれることをやるだけだ。緊張することなどない——と言っても緊張するものは緊張するのだろうな」

「その通りです。胃が痛いです。吐きそうです。アンジェリカ様に往復ビンタしていただいたら目が覚め——いや、吐くか……」

「そう悲観することはない。アルシュバーン公爵令嬢の胸を借りるつもりで挑めばいい」

「そうですね。落ち込むのと反省は演奏が終わってからにします」

やれるだけの努力はしたが、本番で失敗せずやり通せるかどうかはまた別だと思うと、出る言葉すべてが後ろ向きになる。

「ところで。我々は婚約者同士だ」

「はい」

急に何の話だろう。

「想い合っているということも判明した」

「……ハイ」

「であるならば、いま一歩踏み込んでもいいか？」

何の確認ですか。

「それは具体的にどういう……？」

「婚約者として許されてしかるべき線というものがあると、以前にも話しただろう」

たしかにそんなことを夜の野獣な殿下が言っていた気がする。

「手を繋ぐとか、そういう……」

「そこからでいい。ロクに手を繋いだこともないからな」

「それは、その、いいですけど……。一体どこで？」

聞くのと同時にレガート殿下の手が差し伸べられた。

今か。

「馬車の中で？？？」

「外で手を繋いで歩いてくれるのか？」

「いえそれはすみません」

墓穴を掘った。

町では恋人たちが手を繋いでいるのをたまに見るけれど。貴族の人たちも公の場でないところでは手を繋いでいるものなのだろうか。

それよりは他の人に見られていない今のほうがまだいい。

そう考えてそっと殿下の手に手を重ねる。

殿下は優しく私の手を取ると、口元に持っていきキスを落とした。

「殿下――――?!」

「さて、着いたようだ」

ゆっくりと馬車が止まり、レガート殿下が私の手を引きながら降りる。

気づけば吐きそうなほどの緊張はどこかへ行っていた。それどころではなくなったというほうが正しいけれど。

もしかして、気を逸らしてくれたのだろうか。

「さあ、行こう」

「はい」

殿下の隣を一緒に歩き出す。

前はあんなにもぎこちなかったのに。

何故だか今は、レガート殿下の隣にいると心のどこかが落ち着くような気がした。

優勝はオリヴィア様が率いるカルテットに決まった。

音楽的な素晴らしさは私にはやはりよくわからないけれど、上手い下手で言えば文句なく一位だと言えた。私がアンジェリカ様の足を引っ張ったことも間違いない。

ということは、私の『感性』を褒めるためエドワード殿下がやってくるはずだ。

そう身構え、出場者の席から立ち上がったのだが。先に私の元へとやってきたのはレガート殿下だった。

その後ろにエドワード殿下の姿がちらりと見え、「す」と一音を発したのはわかったが、レガート殿下のまっすぐ響く声が掻き消した。

「素晴らしい演奏だった。感性もない。上手くもない。だが毎日毎日練習に励んでいたことを私は知っている。努力しても何でもできるわけではなく、歯がゆい思いもしたことだろう。それでもローラは挑み続けた。その諦めない姿を美しいと思った」

ほんのりと口元を緩めるレガート殿下に、会場中の視線が集まった。

ざわつく中に「嘘でしょ?!　レガート殿下が笑ってる……?」「表情筋生きてた……」「美しいとか仰るのね……」という声が聞こえ、啞然《あぜん》とした顔や色めき立つような様子が見える。

「あり……がとうございます」

「婚約者となり、急な環境の変化に戸惑い、苦労する面もあったことだろうが、ローラは文句を言うのではなく、何事にも前向きに取り組んでくれた。この国が混乱することもなく、こうして音楽祭も無事に開催され、以前と同様に平穏に日々が過ぎているのは、ローラの尽力があってのことだ」

何と答えればいいのかわからない私の手を取り、レガート殿下が跪《ひざまず》く。

辺りのざわめきが大きくなり、私の頭は真っ白になった。

「そんなローラであるからこそ、国のために結ばれた婚約であった。私はずっと国のため生きる覚悟をしてきた。しかし今は、国のためだけではない。どんな時でも前向きに進み続けるその姿を支えたいと思う。四角四面にしか考えられない私に新しい世界を見せてくれ、こんな仏頂面しかできない私に様々な顔を見せてくれるローラを心から愛しいと思う。ずっと私の傍にいてほしい」

新しい世界を見せてくれたのは殿下のほうだ。

自分には似合わないと決めつけていたものを破り、選ぶ楽しみを見つけられた。義姉のことを考えず、ただ自分の心に素直に綺麗なドレスを綺麗だと言えるようになった。

これまで諦めてきたもの、捨てたものも、レガート殿下が私の手に取り戻してくれたのだ。

王太子の婚約者なんて自由がない。そう思った私に、殿下はその分の自由を与えてくれると言った。その言葉通り、私はたくさんの自由の中から日々を選んで生きている。

「はい。私もずっとレガート殿下の傍にいたいです」

万感の思いで答えたそんな私の声は一瞬で掻き消された。

「あの殿下が⁈」

「感情あったんだ……いえいえすみません何でもありません」

「愛しいとか……！　そんな言葉も口になさるのね⁈」

悲鳴のような声が響く中、殿下は笑みを広げると私の手に優しくキスを落とした。

これさっきも見たやつ‼

私を見上げ、ぼそりと殿下が呟《つぶや》く。

「一度練習はした。もう慣れただろう？」

そういうこと？

最初からこの場で、エドワード殿下が隣国へなんて言い出せないようにこんな騒ぎを起こすつもりで、だけどゆっくりと、とか約束したから事前に馬車で手に口づけたってことか。

筋は通したぞと言わんばかりではないか。

きっと、付け入る隙を与えないように公の場で好意を示してくれたのだろう。

けれど前から好意があったと思われれば私が義姉から殿下を奪ったと見られかねないから、婚約者になってから好きになったと時系列に沿うように話してくれた。

計画的で、練られた言葉。そのはずなのに。

そこにたしかに心があるとわかるから。私を見上げる瞳がどんなにいじわるそうに笑っていたとしても。

「一生慣れる気がしません」

「大丈夫だ。人生は長い」

つまりは、これからもこんな日々が続いていくということで。

それをどこかこそばゆいような思いで聞いてしまう私がいるのは、やはり私もレガート殿下を好きだからなのだろう。

結局エドワード殿下は言葉を発する機会もなく、静かに背を向け歩き出した。

しかし扉へと向かっていたその足が一瞬ぴたりと止まり、驚愕《きょうがく》したように斜め上を見上げる。

そこにハンナの姿がふわふわと浮かんでいるのが見えた。

何か話しているなと思うと、エドワード殿下は突然足を速め、ツカツカとものすごい勢いで会場を出て行った。

一体ハンナは何を言ったのだろう。

家に帰り、ハンナに尋ねるとなんということもないように答えてくれた。

「『この国まで妖精を連れ戻しに来たの？　だったらまた川を堰き止めるわよ。二度と妖精たちに干渉しないで。自分たちでやったことなんだから自分たちでなんとかしなさいよ』と言っただけよ」

緑のないところには妖精も生き物も住まない。いなくなった理由は単純で、ただそれだけ。

決して母のせいなどではないし、私を連れて帰ったところで緑のないところに妖精が戻ってくるわけでもない。

「人間の国が一つ潰れたところで私たちには何の関係もないわ。国があろうがなかろうが、緑はそこにあるものなのだから。ただし住処を奪うようなことをされれば黙ってはいない。それだけの話なのに、何故クレイラーンの先代とあの王子は理解しないのかしらね」

今代の王は自分たちの力で緑を取り戻そうと進めているようだからハンナも見守ることにしたそうだが。

エドワード殿下も自分の力を誇示するために別方向に突っ走るのではなく、王や他の王子たちと力を合わせて自分の国を守っていってくれたらいいのにと思う。

◇

そうして、私とレガート殿下は結婚式の当日を迎えた。

学院を卒業してからという予定を早めたのは、私の存在に気が付いたクレイラーンが横やりを入れてくる可能性を考えてのことだ。

エドワード殿下もクレイラーンの代表として出席することになっている。

城に留め置かれたままだった義姉は、国内外の客が多い今日という日こそ室外に出ることは許されていない。

「ローラ様、おめでとうございます」

「あなた、いつもふわふわとしたドレスばかりだったけれど、そういうのも似合うじゃないの」

「お二人とも、ありがとうございます」

満面の笑みで花束を渡してくれたのはアリア様。

意外そうに、けれどどこか満足げに私を見下ろしたのはアンジェリカ様。

涼しげな水色のスラリとした曲線のドレスは大人っぽさもありながら、生花の飾りがあしらわれ華やかで、とても気に入っている。

レガート殿下が贈ってくれたものだ。

自分だったら選ばないようなものを着ることは少し勇気がいったから、アンジェリカ様の言葉が心底から嬉しい。

胸元には母の形見であるルビーのネックレス。ドレスを彩る生花の飾りにはハンナが載っていることだろうけれど、姿は消していた。

今は会場の準備中であり、支度の済んだ私は親しい友人たちと控室でゆっくりと過ごしているところ。

王妃殿下が結婚する時に、国王陛下が緊張を和らげようとそのような場を設けてくれたそうで、その計らいが嬉しかった王妃殿下が私の時も友人たちとの時間を作ってくれたのだ。

室内にはお茶やお菓子が置かれていて、ちょっとしたお茶会のよう。

そこに集ってくれたのは、生徒会の面々や、アンジェリカ様、オリヴィア様、それと以前から親しくしてくれている友人たちだ。

アンジェリカ様とオリヴィア様がいるのは逆に緊張するのだが、お二人にはお世話になったし、何より『そのような場があるなら私たちを呼んでおいて損はないわ。お互いにね？』と言われたこともあり、呼ばせていただいた。

レガート殿下も支度を終えてこの場に来ており、ジョアン様やマーク様と歓談している。

他にレガート殿下の親しい人もこの場に呼び、私に紹介をと王妃殿下は仰っていたのだけれど、「特にいない」と答えた殿下は黙って肩を叩《たた》かれていた。

場は和やかで、見慣れた面々に囲まれていると緊張も和らいだけれど、それでも手順を間違えたらどうしよう、言うべき言葉を忘れてしまったらどうしようと、失敗への不安は尽きず、私はそわそわと気が気ではなかった。

そんな私に気づいたレガート殿下が傍に寄り添ってくれていたのだけれど、余計に本番のことが頭から離れなくなってガッチガチになってしまったので、今はそっと距離をとって見守ってくれている。

このつかず離れずの距離がありがたいのだけれど、正直を言えばこれはこれでガッチガチになるのである。

何故ならば、格好良すぎるレガート殿下の正装がこの距離だと全身よく見えるから。

白を基調としたその装いに金の装飾が映えて、腰に下げた宝剣も似合っている。

筋肉はその正装の下に押し込められスラリとして見え、誰がどう見ても一国の王子である。

キラキラと華やかな装いが似合うのは、やはりレガート殿下の体軀《たいく》も顔も、一言で言えば『格好いいから』である。

決して見た目で好きになったつもりではなかったけれど、結局はその顔も好きだったのだろう。

そう言えば前から眩しいと思っていたしな、と考えていると、遠慮がちなノックが響いた。

恐縮せんばかりの顔を覗かせたのは、この城に仕えている女官だ。

「和やかにお話しされているところを申し訳ありません。あの、家族なのだから招かれるべきだと仰っている方がおられまして、確認をと……」

名は伏せられていたが聞くまでもない。

義姉だ。

案の定、了承などいるものかとばかりに義姉がドアを押し広げ、つかつかと乱入した。

その顔には一応ベールがつけられていたけれど、義姉をよく知っている人たちが集まるこの場では何の意味もない。

そのことは義姉もわかったのか、単に邪魔だっただけなのか、義姉は早々にベールを脱ぎ捨てると周囲を見回した。

「ご機嫌よう、みなさま。本日は私の義妹の晴れの舞台に集まっていただき、感謝申し上げますわ」

厳密に言えば、既に私とは義姉妹の関係ではない。

私は現ファルコット伯爵家の養子になっているから、義理の従妹《いとこ》ということになる。

散々私のことをなんだかんだと言いながら、いつまでも義理の姉妹という関係を引きずっている。

それは私も同じで、共に過ごした十年という月日の長さを思う。

「私を今も義妹と思ってくださるのでしたら、私もこの場はお義姉様とお呼びします。ですがこの場には――」

「王妃殿下には許可を得ているわ。ベールをつけていれば城内を歩いてもかまわないと言われているもの」

それは今日以外のことであって、今日だけは室外に出るなと厳命されていたはず。

義姉を守るためでもあるはずなのに、何故出歩いても誰にも咎められないと自信満々なのだろう。

だが追い返すほうが危険だ。

もはやここで大人しくしていてもらうほかない。

ため息を堪える私の前にいたアリア様が、気づかわしげな声を上げた。

「クリスティーナ様、ご病気はもうよろしいのですか?」

「いいえ。そのために残念ながら私はエドワード殿下と共に隣国へ行かなければならなくなったの。今日が皆様とのお別れになるかと思いますわ。私がいなくなって生徒会も大変なことかと心配していたけれど、どうせいつも議論ばかりで何も進みませんでしたもの。変わりはないのでしょうね」

病気設定を守れと重々言い含められているのだろう。

しんと静まった中、生徒会の面々は含められた嫌味に眉根を寄せ、顔を見合わせた。

「クリスティーナ様……。生徒会とは誰かの一存で勝手に物事を進めるものではありませんわ。議論し、生徒にとってよりよい形を探り、分担しながら進めるために役職だってあるのだと思います」

アリア様が一語一語はっきりと言い聞かせるように話すのを、義姉は鼻で笑った。

「音楽祭は成功したのでしょう？　優勝を求めてそれぞれが切磋琢磨《せっさたくま》し、聴衆たちも固唾をのんで結果を見守り盛り上がったのは見ていなくてもわかるわ。エドワード殿下に華をもたせ、楽しんでいただくこともできたのだから。私の最後の仕事として、議論など不要で誰かが最適解を出せばいいだけだと証明出来てよかったわ」

その言葉に、生徒会の面々がはっきりと怒りをあらわにした。

しかし周囲を見ることもない義姉は悦に入ったように続けた。

「長年代わり映えもなく、ただ演奏するだけの意味のない催しが、評価を与えることで参加する側にも意義が生まれたのだから画期的な変革だったわ。もっと前から誰かが気がついて、そうしておくべきだったのに」

「お義姉様！　お義姉様がなさったことは音楽祭の意義であるとか、事の良し悪しとは別の問題なのです。議論は最適解を出すためだけにあるのではありません。多角的に検討することで一人では気づけない視点を得て欠点を洗い出し、実現させるための具体的な手順を策定し、万全の準備を整えるためにも必要です。今回の音楽祭はそれがなかったために、参加者にすら迷惑をかけて――」

「ローラ」

義姉に言い募る私の言葉を止めたのは、オリヴィア様だった。

「残念ながら彼女にあなたの言葉が届くことは永遠にないわ。それはこれまでの日々が証明しているでしょう？　だからこの場は私たちに譲ってもらえないかしら」

たしかに義姉は端《はな》から私の話を聞かない。

『平民のあなたなんかが』というのが枕詞になっていたし、無意識なのかもしれないが私のことをずっと見下していた。

それを改めて言われると無力を感じるばかりだったけれど、オリヴィア様と同じように反対側の私の隣に立ったアンジェリカ様の顔を見上げ、はっとした。

「せっかくいらしていただいたのだもの、私たちからも彼女にお別れの言葉を贈りたいわ」

それは思わずひれ伏したくなるほどの圧倒的な威圧感を持った、小さいのに燃え広がるような笑みだった。

私が頷くのを見ると、オリヴィア様は私の前に進み出た。

その目は冷たく義姉を見下ろしている。

「クリスティーナの言葉は正しいところもあるわ。けれど音楽祭のことで言えば、芸術というものをまったく理解していない。音楽そのものを楽しむことに意義があるの。優劣を競うのはそこに至るための一つの手段に過ぎないわ。あなたの先ほどの言葉は、これまで音楽祭に向けて励んできた参加者たちのその心を無意味だと愚弄し、音楽というものを貶《おとし》めた。許されるものではないわ」

音楽に造詣の深い隣国の王子から優勝と評されたオリヴィア様に、芸術に理解がないと言われながらも義姉は口を開いた。

「……でも今回の音楽祭が盛り上がったことは事実でしょう」

「盛り上がった？　いいえ。誰もが隣国の王子に忖度《そんたく》し、恥をかかない評を下せるよう場全体を調整しなければならず、純粋に音楽を楽しむどころではなかったわ。おまけに本来であれば私一人で称賛を浴びるはずが、今回の変更がカルテットを編成することを余儀なくされ、甚《はなは》だ不本意よ。私たちはあらかじめわかっていて参加を表明したのではない。だからといって参加を取りやめては、みんな後に続いてしまい音楽祭は成り立たなくなる。わかる？　我慢して参加しなければならなかったの。あなたの傍迷惑なやり方のせいでね」

凍るような苛立ちがまっすぐに義姉に向けられていた。

アンジェリカ様もオリヴィア様に並び立ち、義姉を見下ろすように顎を上げた。

「あなたにとっては誰もが認める立場に立つこと、自らの『能力』が認められることこそが終着点だったのでしょうね。それはわかるわ。公爵令嬢である私とて目指すものは同じだもの。けれど王太子妃として立つならば、それだけでは終われない。人々を導き、国を支える必要がある。聖女には国を守るというお役目がある。生徒会だって生徒のためにあるものよ。その立場に立ったからには、求められる役割というものがある。それを全うしてこそ、認められるものなのよ」

生徒会の面々も静かに頷く。

しかし義姉はギッときつく周囲を睨み渡した。

「このように大勢で一人を囲んで、文句ばかり。恥ずかしくはありませんの？」

「このように何人にも苦言を呈される事態にまでなったことは、恥ずかしくありませんの？」

オリヴィア様に首を傾げるようにして疑問を返された義姉は、悔しげに押し黙った。

それを確認してから続けたのはアンジェリカ様だ。

「これまで私たちが黙っていたのはどうしてだとお思いかしら？　すべて、この私の後ろでちまっとおろおろしているローラがいたからよ。あなたがあちらこちらで火を振りまく度に駆け回って必死に火消しをする姿を見ていたら、矛《ほこ》を納めるよりなかっただけ。だって、私たちがあなたに何か言えば、ローラが周囲に愚痴をもらしたとでも言ってまた彼女を責めるでしょう。その間に割って入るようなことをすればなおさら。あなた方は同じ家に帰るのであって、そこで何かあっても私たちは立ち入れない。そんな無責任な口出しはできなかっただけよ」

泣きそう。

まさかアンジェリカ様がそこまで考えていてくださっただなんて。

けれど義姉は何を言っているのかと言わんばかりの怪訝《けげん》な表情。

それを見たアンジェリカ様はため息を吐き出し、続けた。

「たとえ義理であっても妹というものはね、先に生まれたものが守ってやるべき存在のはずよ。間違っていれば諭し、不安があれば支えてやり、共に成長していくもの。向き合いもせずに踏みつけるだけの存在ではないわ」

「そんなもの――」

言いかけた義姉が私を睨み、はっとしたように目を丸くした。

「そのネックレス……やはりローラがレガート殿下を使って奪ったのね！」

いや人の話を聞こうよ。

何度こういうやり取りを繰り返すのだろう。無意識なのかなんなのか、責められるといつもこうして話を逸らしてしまう。

レガート殿下は呆《あき》れを隠しもせずに返した。

「これはローラのものだ。正確にはローラの母の形見だが」

「ですから、平民であるローラの母親がそんなものを持っているわけは」

「ローラの母が本当に平民であったと思っているのか？　短い間だろうと共に過ごしておきながらまったく何も気づきもしなかったのか、それとも単に認めたくなかったのか」

レガート殿下の言葉に、義姉は眉根を寄せ言葉を止めた。

「クレイラーンに行けば誰がそのネックレスの持ち主なのかわかる。だから今は黙っておいたほうがいいと忠告しておこう」

その言葉に周囲がざわついた。

しかし義姉はふん、と口を歪めて私を睨んだ。

「そうやって、結局は何でもローラのものになってしまうのよ……。火消しだなんて、そんなものは頼んでもいないわ。私が言ったことをなかったことにするなんて、役立たずどころか邪魔でしかないというのに。私は十分我慢してきたわ」

そんな風に思われていたのか。

実際のところ、私が何を言ったとて義姉のしたことはなかったことにはならないし、相手には義姉の言葉が残る。

その上で相手が変わらないのであれば、それは義姉の言葉に納得していないということだ。

それは義姉だって同じはず。私の言葉に納得がいかなかったから、ずっと変わらずにきたのではないのか。

「能力があって、ずっとずっと努力を強いられてきたのだから、私のほうが幸せでなければおかしいじゃない。なのに、何も持っていないローラはいつもお気楽で、笑ってばかり。そんなのはずるいわ」

「本当にクリスティーナは現実を見ないわね」

そうため息を吐き出したのはオリヴィア様だった。

「あなたが恵まれた地位、能力を持っていたことは事実よ。けれどあなたはそれに溺れて威張るだけだったのに、幸せが確約されると思い込むだなんてどんな論理なの？　あげくに隣国の王子に取り入って婚約者になるつもりだとか。厚顔も極まれりね」

「なんなのよ……！　あなたが言ったんじゃない！　『あなたは本当に欲しいものは何も持っていないのね。かわいそうな人だわ』って」

思わずオリヴィア様と顔を見合わせる。

言った？　言ったような気もする。と記憶を探しているのがありありとわかり、やがて、「ああ、たしかに言ったわね。かといって私のせいにされても困るのだけれど」とオリヴィア様は呟き頰に手を当てた。

その間に義姉は続けた。

「こんなはずじゃなかったと思うのは、私が本当に欲しいものを手に入れていないから。それなら今私が持っていないもので、もっと私を幸せにするものはどこにあるのか？　物語の主人公は必ず幸せになる。だから片っ端から読み漁って、私の欲しい幸せを探したけれど、この国にある物語はどれも王子と結婚することばかりが幸せだという」

たしかにそうかもしれない。

主人公が庶民であったり、貴族の隠し子であったり、魔法使いであったり、立場が変わるだけで終着点はいつも同じ。

誰にでもわかりやすい幸せではあるけれど、それが自分にとって幸せかどうかなんて、人による。現実では辿り着く先に幸せなど保障されていないから。

「それで他に何か幸せはないかと探しているうちに、夢を見るようになったわ。私はいつも本を読んでいるのだけれど、それがとても珍しくて、絵と文字が一緒に書かれた情景が１枚のページにいくつもつながっていて」

そんな本は見たことがない。想像もつかないけれど、どんなものなのだろう。

「それも、見たこともない斬新な物語ばかり。その中に、私と同じように多くの役目を負わされながら、何もかもを義妹に奪われる物語があったの。これだと思ったわ。私はこの主人公のようになれば幸せになれる。そう思ったから、計画を立てたの」

「それはつまり、夢で見た主人公の物語をなぞろうとしたということ？」

「そうよ。本当に欲しいものは、私をただ愛してくれる人。聖女だとか、優秀だとか、そんなこととは関係なく、私一人を愛してくれる人の元へ行かねばならない。誰が相応しいのか考えた時に、隣国の第三王子の噂が耳に入った。クレイラーンに来ると言うし、レガート殿下とは違ってまさに王子らしい王子だと聞いて、学院の音楽祭の日に合わせて王都に来るにはどの町を回るか計算して探しに行ったのよ。音楽祭での趣向は彼を喜ばせているでしょうし、それを私が提案したのだとわかればすぐに優秀さにも気がつくし、聖女である私をクレイラーンに連れて帰りたいと思うはずだから」

待て待て待て。

聖女だとか優秀だとか関係なく愛してくれる人がいいと言っていなかったか？

なのに咥《くわ》えたネズミを飼い主の元に運んでくる猫のように、手柄を携えて会いに行くなんて話が破綻していないだろうか。しかもなんだかんだ言って王子一択。

「私の言った言葉の意味を、まったく理解できなかったのね」

オリヴィア様の言葉に、義姉は訝しげに眉根を寄せた。

「それはその物語の主人公の幸せでしょう？　いくら物語をなぞったって、クリスティーナが幸せになれるわけじゃないわ」

「そんなことはないわ！　だって、私と主人公は同じ境遇なのだから。求めるものは同じはずよ」

「それで？　あなたの理想通りの王子と出会って、幸せになれたの？　そうではないからこんなところまでやってきたのではなくて？　クリスティーナのおかげで音楽祭が成功したと褒められ、満足したかったから。自分は間違っていないと思いたくて、必死で現実から逃げている。家を出る前と同じように、また『こんなはずじゃなかった』と思っているから」

オリヴィア様の言葉に義姉が目を見開き、それからぐっと歯ぎしりをするように押し黙る。

「幸せになるために足掻《あが》くことは大切なことだと思うわ。けれど、自分が本当は何を欲しいのかもわからずにあれこれと手を伸ばすから、何を手に入れても満たされない。大事にできない。いつもあなたが『こんなはずじゃなかった』と言うのは、誰かが欲しがるものではなく、あなた自身が欲しいものが何なのかわかっていないからよ」

その言葉に、私も考え込む。

私は私の欲しいものをきちんと理解しているだろうか。

その上でそれを手に入れるための行動をしてきただろうか。

流されて生きてきただけではなかっただろうか。

父が亡くなり、生活に困窮しかけたところを救われ、恩を返そうと立ち働いてきた。

そのあとは平民に戻って自分で事業を興すことを目標にしてきたけれど、それは誰かに批難されることなく、自分で手に入れたのだと胸を張れるものが欲しかったからだ。

レガート殿下の婚約者となったのも流れに流されてきた結果であり、自立して事業を興すという道には立っていない。

けれどそれを悔いているわけではないし、その道に戻りたいと思っているわけでもない。

それは、この先に自分が欲しいものがあると心のどこかでわかっているからだろうか。

私が本当に欲しいものとは何だろうか。

これまで諦めてきたもの、捨てたものはレガート殿下が私の手に取り戻してくれた。

もう私は何かを諦めなくてもいい。捨てなくてもいい。義姉に奪われることもない。

そんな今だからこそ、自分の本当の望みとはなんだろうと考える。

気づけば義姉も黙り込んだまま。反論はいつまでも返らなかった。

そうしてしんと静まり返った中、義姉がやおらくるりと扉のほうに体の向きを変えたから慌てて声をかけた。

「お義姉様、この部屋から出てはなりません。この城には今、様々な立場の方たちが集まってきています。お義姉様が突然いなくなったことで、振り回され、恨みを持っている人がいてもおかしくはありません。どうか今日はこのままここにいらしてください」

そう告げると、義姉は口元を引き結んだまま部屋の隅へと歩いていき壁にもたれた。

義姉がじっと考え込んでいるのがわかった。

きっとこれまで何を言っても通じなかったのは、私が義姉のことを理解していなかったからなのだろう。

初めて義姉に何かが響いた様子を目の当たりにして、私はアンジェリカ様とオリヴィア様に心から感謝した。

けれど義姉には聞こえないようそっと二人に礼を告げると、揃って「お礼なんていらないわ」と返された。

「ローラにクリスティーナのことなどわかるわけがないのよ。あなたたちは何もかもが違うのだから」

オリヴィア様の言葉にアンジェリカ様も頷いた。

「私たちには少し、ほんのすこ――――しだけ、似ているところがあった。それだけのことよ」

「何でも一人で解決できるわけじゃない。だから生徒会という組織は複数人で成り立ち、国王を支える人たちがいる。クリスティーナのことはローラが一人で抱え込むことではなかったのよ。ほら、そこのきんに……王太子殿下とて諫められなかったのだから。できる人がやる。それだけのことよ」

「ありがとうございます」

言葉にならなくて、それしか言えない私に、アンジェリカ様が扇をぱらりと開いた。

「まあ、本来ならこういう場はレガート殿下に譲るべきところだったのでしょうけれどね」

「いいえ。あれは殿下が譲ってくださったのよ。言いたいことなんてとっくに言ってあったのでしょうね。だって彼女、レガート殿下が口を開いたときだけ及び腰だったもの」

「え」

そうだったのだろうか。そんなことまで気づかなかった。

「ですから最後くらい私たちにすっきりさせてくれてもいいでしょう？」

オリヴィア様も冷たく見える笑みを口元に広げて、扇でぱさりと覆い隠した。

それでも私は二人に深く礼をして、それから義姉の元へ歩いて行った。

「お義姉様。平民の子でしかなかった私を受け入れてくださったこと、心から感謝しています。だからお義父様にもお義姉様にも恩を返したかった。それだけでした」

「別に……。恩を返してほしいなんて思ったこともないわ」

わかっている。

そんなところは好きだった。

義姉を嫌いなわけではなかった。

徹底的に相性は悪かったけれど、価値観も考え方も何もかもが違ったけれど、ただそれだけの話。

何か言おうとしたけれど、何を言っても余計なことのように思えて、私は黙って礼をして背を向けた。

◇

式の開始が告げられ、その場が散会となっても義姉は部屋に残った。

傍には義姉を案内してきた女官がつけられ、部屋の外には兵士が見張りに立った。

けれど義姉が勝手に部屋を出てくることはないだろう。

私は何度も練習した通りに式を進めながら、ずっと考えていた。

私が本当に欲しいもの。

そのために私がすべきこと。

それは生きる意味と言ってもいいのではないだろうか。

これまでのようにあれよあれよと流されるまま、そういうものを持たずに生きることもできるし、それはある意味楽なことかもしれない。

何にも執着せず、振り回されずに済むということだから。

けれど、せっかく生きているのなら見つけてみたい。

「レガート・クライゼルの名にかけ、妻の身も心も守っていくことを誓う。そしてこの国の王太子として、共にこの国を守っていくことを誓う」

向き合ったレガート殿下を見上げると、その黒い瞳はまっすぐに私を映していて。

前はただどうしたらいいかわからなくなるばかりだったのに、今はそれをまっすぐに受け止めている自分がいる。

そしてその瞳が私に向けられていることを、幸せだと思う。

そうだ。

義姉と二人で話す姿を見てあんなにも動揺したのは、この瞳を他の誰かに向けて欲しくないと思ったからだ。

レガート殿下だけはどうしても奪われたくなかったからだ。

私はいつの間にか本当に欲しいものを見つけていて。それは目の前にあったのだ。

それならこれからは、それを失わないように守ろう。

そして相手にも与えられるようにしていきたい。

欲しいものは得るばかりではなく、大事にし続けなければならない。

だから。

「ローラ・ファルコットは、今よりローラ・クライゼルとして、この国の王太子殿下を、そしてこの国を支えていくことを誓います。そしてレガート・クライゼル殿下を心から愛し、慕い続けることを誓います」

レガート殿下の瞳を真っすぐに見上げると、その目が見開かれて。

やがて晴れ渡るような笑みが広がった。

「愛している、ローラ」

「はい。私もレガート殿下を愛しております」

素直に言葉が転がり出た瞬間、私の唇は殿下の温かなそれに塞がれていた。

「ほっぺ！」

ほっぺにするはずでは!!

思わず心の叫びの一部が漏れてしまった。

この場でほっぺとか恥ずかしさしかない。せめて頬って言いたかった。

しかし一気に顔に血をのぼらせる私を前に、レガート殿下は平然としていた。

「危ない所だった。早くその口を塞がなければ、このままローラを抱き上げてここから連れ去ってしまうところだったからな」

なんだその言い訳は。

そう思うのに、頬の熱は引かない。

「予定にないことをしないでください！　私が手順を間違えたらどうするのですか？」

「先に予定にないことを言ってくれたのはローラだろう？　そもそもあんなかわいらしい顔で私を見上げてきてよく言う」

「ど……、そん……!!」

どんな顔ですか、とも、そんなこと今言わないでくださいます?!　とも言葉にできなかった。

わたわたとして口が全然回ってくれない。

慌てる私にレガート殿下が、ふっと笑い——

「ぅん⁉　——っ‼」

なんで、二回目‼　しかもさっきより長い！　まだですか！　ちょ、みんな見てるんですけど‼

そうだった、今は私たちの結婚式だ。さっきからずっと見られているのだった。

これはまずくないだろうか。

いい加減離れてくれないだろうか。

そう思うのに、心臓のようにばくばくとうるさく脈動を伝えてくる耳に入り込んでくるのは、わーとかきゃーとかいう歓声だった。

王太子の結婚式って、こんな賑やかなものだったっけ。

もっとこう、厳かな——

「いいわ、もっとやりなさいレガート！」

きゃーって言ってるの王妃殿下だった。

そういえばこの方はもともとざっくばらんな人だった。だからといって王家の式がこんなことでいいのだろうか。

そう思うのに、目の端に映るエドワード殿下は「いいなあ……ちゃんと誰か探そう……」と呟いているし、その隣で側近が「道徳と政治の勉強からですね」とか言っているし、もう一つの隣国の

来賓もパチパチと拍手をしながらにこにこ見守っている。

こうあらねば、とガチガチに固まっていたのは私のほうだったのかもしれない。

意外と世界は寛容で、誰かの幸せは広がり、誰かを幸せにしていくものなのかもしれない。

目の端では立ち合い人がレガート殿下の肩をそっとタップし、「そろそろ倒れられますよ」とにこやかだ。

やっと離された私は、平然を装う余力などなく、ただ顔を真っ赤にして息を整えることしかできなかった。

「ローラが幸せになるところを見届けられてよかったわ」

そんなハンナの声が聞こえて、はっと頭上を見回す。

まさか、どこかへ行ってしまうのだろうか。

そう思ったのが伝わったのか、「いやいるけどね？　クライゼルの王都も楽しいし」と続いて、私はほっとして肩の力を抜いた。

母が亡くなってから、私はずっと一人で駆け回ってきたつもりだった。

けれど一人では生きていけないことがわかっていたから、笑顔を武器にして、時には人に助けを求め、慣れない世界でいつまでも慣れないままにやってきた。

そのうち気がつけば周りにはたくさん味方がいて、私は欲しいものをあれもこれも持っていた。

私は私が手にしているものを大事にしよう。

私が手にしてきたものを誇ろう。
きっとそれが私が欲しかったものだから。
そして、これからも自分の本当に欲しいものはなにかと問いかけていこう。
絶えず。
手にしているものを忘れないように。

## 番外編　王太子殿下の相談事

目論み通りローラが副会長の座に収まり、会議も仕事も嘘《うそ》のように着々と進むようになった。

これで楽ができる。

書記であるマークはそう思い、すっかり肩の荷を下ろした気でいたのだが、レガートがいつもの厳めしい顔にさらに悩ましげな眉間の皺《しわ》を増やして「相談したいことがある」と声をかけてきたから、思わず警戒した。

面倒事はごめんである。

しかし王太子を無下にするわけにはいかない。

マークが仕方なくレガートと連れ立って生徒会室に向かうと、既にジョアンが席についていた。

「時間をもらってすまない。二人に聞きたいことがある」

この三人だけで話を進めるらしい。何故同じ役員であるローラやアリアはいないのだろうかと訝《いぶか》しんだが、次の一言で事情はすべて察せられた。

「どうしたらローラとの仲を深められるだろうか」

一瞬の間の後、「あ〜、はいはい、そういう話……」とジョアンの小さな呟《つぶや》きが聞こえて、一言一句同じ気持ちだったマークは思い浮かぶまま答えた。

「会話じゃないですか？」

投げやりも投げやりだが、間違ったことは言っていない。

「続かないのだ」

だろうなとわかっていた答えが返る。

正直、婚約したレガートとローラの姿を見た時は驚いた。

ローラはいつでも笑顔で男女問わず当たり障りない会話で円滑な関係を築いているようだったし、悪い印象を持つ相手にも物怖じせず真正面から向かっていき、見直させてしまうほどしっかりしているし、何より根性がある。

それをクリスティーナは媚《こ》びて取り入ったなどと睨《にら》んで見ていたが、とかく対人関係において敵なしと思われたローラが、ただ『婚約者』という関係に変わっただけでここまでレガート相手に狼《ろう》狽《ばい》するとは思ってもいなかった。

これまでレガートを異性として意識していた様子もなかったし、そもそも婚約者や親しい特定の異性もいなかったようだから、慣れないのもわかるが。

対するレガートも、クリスティーナには如才なく振舞っていたのにどうした？　というほど見ていてもどかしい。

ガチガチに固まるローラにうっかり触れでもしたら壊れてしまうのではないかと恐れるようにつ

かず離れずの距離を保ち、話題を探すように悩ましげに眉根を寄せ、口を開けては閉じるのを繰り返してばかりだ。

レガートの肩にも届かぬローラにはそんな様子などわかるわけもなく、互いに『どうしよう』という空気を振りまきつつ無言のまま長い廊下を通り過ぎていく。

そんな様子を見れば、実は義姉が婚約者であった時からそういう仲だったのではとか、義姉が邪魔で追い出したのではなんて疑いがすぐに霧散したのもわかる。

ただ、両者をよく知る者としてはその光景を目の前で繰り広げられるとたまったものではない。

もどかしい。

じれったい。

見ているほうが何故だか気恥ずかしくなる始末で、早くどうにかなってくれと言いたい。

だがこれまで二人の間に色恋めいたものを感じたことはなかったし、互いの立場から意識的に距離をおいていたのだろうから、この調子ではそれらしくまとまるまでにかなりの時間を要するだろう。

そう考え、マークはレガートの相談に付き合ってやるかと仕方なく頭を巡らせた。

「では、一緒に出掛けてみてはどうですか？　自然と会話も生まれることでしょうし」

「そうだな。どういうところがいいだろうか」

「無難に歌劇を一緒に見るだとか、景色の良い場所に行くとかでいいんじゃないですか？」

「無難に、か……。どうにもローラが喜ぶ姿が想像できなくてな。ローラはいつもクリスティーナの尻拭いに勉強、将来の準備と忙しない日々で、娯楽に触れる余裕がなかったようだし、どういうものが好きなのか、何を喜ぶのか、聞いたこともなくわからないのだ」

確かにマークを含めた役員との間で交わされる会話も謝罪か実務のことばかりだったし、それ以外に思いを馳《は》せる余裕もなさそうだった。

かと言って、クリスティーナがいなくなり自由になったのだからと、いざ観劇に出かけて喜ぶかはわからない。

必要であればローラはにこにこと笑顔で付き合うだろうが、それでは意味がない。

「役員として話す機会の多かった二人なら、ローラがやりたいことや行きたいと思っている所も聞いたことがあるやもと思ったのだが」

「いや、そんな話になったことなんてありませんね」

ジョアンはにべもない。

同じく「知らん」「面倒くさい」と思っているのだろう。

「では、逆にやりたくないことや嫌いなことは何か聞いたことがあるか？」

「ああ……それなら、社交なんて面倒くさいとは言ってましたね。優秀だと出る杭《くい》は打たれるし、無能でも見下され蔑まれるし、普通だと凡庸と嘲られるし。どんな相手も貶《けな》す語彙力だけ発達した人たちの集まりで、腹が立つと」

「ああ。陰で口さがなく言ってる奴は表に引っ張り出して論破してやるとか息巻いてたな」

マークとジョアンが笑い合って言うと、レガートも思い出したように口の端を緩めた。

そんな顔も珍しい。

まあローラは傍から見ていても興味深いというか、時々想像がつかなくて面白いとマークも思う。

本人としては真正面から向かっていっているだけなのだろうが、多くの貴族は裏で立ち回ることが多いし、嫌味で持って回った言い方ばかりだから、絡まれる度ににこにこと笑顔で、かつ綺麗《きれい》な言葉できっちりと言い負かしている様子を見ると、不思議とすっきりする。

マークとて裏で立ち回る側の人間なのに、自然とローラにもっとやれと思ってしまう。

しかしレガートはすぐにまた悩ましげな顔に戻ってしまった。

「そういうローラを社交界から逃げられなくさせてしまった。だからこそ、何か楽しいことをと考えているのだがな」

「そんなの仕方なくないですか？　国としての決定だったわけですし」

ジョアンはばっさりと切り捨てるようにそう言うが、マークにはレガートの気持ちもわからないではない。

社交界なんて嫌だと言いながら真っ向から立ち向かう時のローラは誰よりも輝いていたものの、元は平民で自由にのびのびと暮らしていたのだろうと思うと、そちらの生活のほうが合っているのではないかと思うからだ。

だからレガートがせめてもと考えるのはわかる。

だが。

「楽しいこと……。うーん。お力になりたいのはやまやまですが、ローラ嬢が何を楽しいと思うかなんてさっぱり想像がつきません」

育ってきた環境が違いすぎるし、単純に男女の違いもある。

アリアに聞けばよかったのでは？　と言いかけて、やめた。

マークとさほど変わらないだろうし、令嬢としての意見は聞けるかもしれないが、そもそもレガートは仕事でもないのに女性をこの場に呼ぶことはしない。

王太子という立場ゆえに、人間関係、特に女性には気をつけているのだろう。

疑われるような言動は決してしないし、クリスティーナが婚約者であった時だって、たとえ仕事だとしてもローラやアリアと二人きりになることはなかった。

今だって、ローラの前でクリスティーナの名を口にしないようにしていることは、ローラ以外の役員たちはみんな気づいている。

そもそもまだ現状を受け入れるのに手一杯な様子のローラには複雑な思いなんてまだまだなさそうな気もするが、万が一にも誤解させたりもやもやさせたりしたくないのだろう。

「それなら、デートをしながら欲しそうなものを買ってやればいいんじゃないですか？　好きなものを知ることもできて今後の参考にできますし」

「そうか……。そうだな。いやしかし、物で関心を買おうとしているように思われないだろうか」

「まだ悩むのかよ、めんどくせえ……」

「ジョアン。声に出ているぞ」

「いやだってなんだよ今日の殿下、やたら饒舌《じょうぜつ》だし、ぐだぐだぐだぐだと心配してばっかりでさあ。やる気あるのかって言いたくなるだろ」

「すまない。どうにも失敗するのが怖くてな」

ジョアンはマークに反論したのであるが、当人は目の前にいるわけで、当然全部聞こえていて、レガートは組んだ両手に額を載せて項垂れた。

まあ、確かにローラが物や金銭にほだされるとは思えないし、これだけ案を出してもどれもいまいち効果的に思えないのだから、レガートが悩むのも理解できる。

だがクリスティーナの時はこんな風にぐだぐだ思い悩んだりせず、さらっとデートに誘い、贈り物もしていた。

そのどれもクリスティーナは気に入らず、いつも陰で愚痴っていたことはレガートも知っていたはずだが、無関心だと思わせないためか、それが務めだとばかりにほどよい間を開けて絶えず続けていたし、そつなくこなしていた印象だ。

それが、相手がローラとなると慎重になりすぎて何も行動を起こせなくなるレガートに、マークは思わず苦笑いした。

「随分大事になさってるんですね」

軽口のつもりで、二度も逃げられてはならないからな、とでも返ってくると思っていたのだが。

「大事にしたいと思っている」

——あれ？　レガート殿下ってもしかして。

照れもせず、茶化しもせず。その表情はいつもと変わらず、真っすぐな答えだった。

だがその瞳と声色には熱があった。

いつもの四角四面でつまらない真面目さのその奥に、たしかに何かを持っている。

そんなレガートに、適当な答えなど返せない。

「——まあ、それなら、当たって砕けてみたらどうですか？　何もしないでいても好転はしないでしょうし。失敗したと思ったら、それこそ会話をすればいいだけです。何が嫌だったのか、どうしたらよかったのか、そうしてご自分で探っていくしかないんじゃありませんか？　それが仲を深めるということなんだと思いますよ」

そんな泥臭い王太子の姿など想像できないが。

レガートは目から鱗《うろこ》が落ちたというようにやや目を丸くすると、一つ頷《うなず》いた。

「その通りだな。明日にでも買い物に誘ってみよう。そしてローラ本人に何が好きか聞き、わからないのなら一緒にそれを探してみることにする」

「そうですよ、我々に聞くんじゃなくて直接本人に聞けばいいんですよ。会話すること、あるじゃないですか」

こんな簡単なことだったのに考えて損した、というようにジョアンが呆《あき》れたような顔を浮かべる。

「マーク、ジョアン、二人とも忙しい中すまない。恩に着る」

「また何かあれば仰ってください」

マークは笑顔で言ったが、社交辞令ではない。

表情筋だけ鍛え漏れたと言われる王太子と、どんな修羅場も笑顔で戦い抜いてきた野草の元平民令嬢がどう変わっていくのか、楽しみになったから。


そうしてデートの翌日、「で、どうでした?」と聞いたジョアンに、レガートは言った。

「独占欲、というものはどうしたらいい?」

——もうダム決壊してんじゃん。

選んだドレスを着て欲しいが、ドレスとは社交の場で着るものであり、他の男どもの目に触れざるを得ないとかなんとかぶつぶつ言い始めたレガートに、マークは「マジ面白ぇ」と笑いを噛み殺し、これからしばらくはこのきりのない問答に付き合ってやるかと観念した。

# あとがき

冷蔵庫に入れておいたはずのプリンが、いつの間にかなくなっている。

誰か食べたな？

そう思った時に、人はどのような行動に出るか。

ある人はまた買ってくれればいいかとため息を吐《つ》いて諦める。またある人は「誰が食べたの?! 犯人は名乗り出なさい！」と犯人が言い出せなくなるほど騒ぎ立てる。二度と食べられてしまわないように名前を書く（一手目としては真っ当）、隠す（腐らないかな……）、罠を仕掛ける（人体に害があるものはダメです）という人もいるかもしれません。

私はプリンならば次はたくさん買ってきてみんなで一緒に食べます。ですがそれがポテトチップスのりしお味ならば、おとりとして他のお菓子で周りを囲み、棚の奥の奥に隠します。

ポテトチップスのりしお味だけは、一人で全部食べたいのです。

みなさまはいかがでしょう。

はじめまして、食べ物には貪欲な佐《さ》崎《さき》咲《さき》です。

本作の主人公、ローラの場合で言うと、本来であれば何もかもが義姉一人のものであったはずなのに、母の再婚により自分のものになったものがあるという引け目があり、多少のことには目を瞑ってきました。それでも譲れない大事なものが二つあり、一つは奪い返し、一つは後に自覚が芽生え、死守を誓います。

一方義姉であるクリスティーナは、(元)後継ぎであり、次期聖女であり、生徒会副会長であり、王太子の婚約者であったことから、大体のものはすべて自分のものであるはずだと思っており、元平民であったローラのものなどあるはずがないと思っています。

ですがどれだけたくさんのものを持っていても満たされず、ここに自分の幸せはないと出奔します。

それはつまり捨てたということなのですが、というのがお話の始まりです。

こんな考えの人もいるのか、自分だったらどうか、周りにこういう人いるなあ、などなど考えながらお読みいただけると、違った楽しみがあるかもしれません。

そして買ってきたプリンをどう守るかの参考にしていただければ幸いです。

イラストは祀花よう子先生に担当いただきました。

ローラがとってもローラで、とっても可愛くキュートに描いていただきました。

個人的にはアンジェリカがとってもとってもお気に入りです。アンジェリカで一作書けそうなくらい想像力が掻き立てられ、アンジェリカのアンジェリカたるものが内包されている素晴らしいキャラクターを描き出していただきました。

レガートも「黒髪短髪でムキムキだけど服を着ているとそれがあまりわからなくて基本仏頂面だ

けどちゃんと王子でローラに対してだけは野獣なんです」という難しい注文をしたにもかかわらず素晴らしいヒーローを描き上げていただき、後半の挿絵はもう「あ――――!!」と叫び喜びました。心より感謝申し上げます。

また、担当様をはじめとして、本作の出版に携わってくださった方々にこの場をお借りして心よりお礼申し上げます。

そしてこの本をお読みいただいた方に最大限の感謝を。

読んでくださる方がいて初めてこの作品は意味を持ちます。

辛く、大変なことも多い世の中ですが、ほんのひと時でも憂《う》さを忘れて楽しんでいただけるものを今後も書き続けていきますので、またお目にかかる機会がありましたら、「あ、サとキだけの名前の人だ」と思い出していただけたらと思います。

2025
コミカライズ 2/25
Palcy《パルシィ》にて
連載開始予定
漫画：紫彗冷泉

Kラノベブックスf

# 奪《うば》ったのではありません、お姉様《ねえさま》が捨《す》てたのです

佐崎咲《さささきさき》

2025年2月26日第1刷発行

発行者　安永尚人
発行所　株式会社 講談社
〒112-8001　東京都文京区音羽2-12-21
電　話　出版　(03)5395-3715
販売　(03)5395-3608
業務　(03)5395-3603
デザイン　C.O2_design
本文データ制作　講談社デジタル製作
印刷所　株式会社KPSプロダクツ
製本所　株式会社フォーネット社

KODANSHA



ISBN978-4-06-537294-4　N.D.C.913　271p　19cm
定価はカバーに表示してあります


ファンレター、
作品のご感想を
お待ちしています。

あて先　〒112-8001　東京都文京区音羽2-12-21
(株) 講談社　ライトノベル出版部 気付
「佐崎咲先生」係
「祀花よう子先生」係

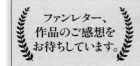

Kラノベブックスf

# 王太子様、私今度こそあなたに殺されたくないんです
## ～聖女に嵌められた貧乏令嬢、二度目は串刺し回避します！～

著:岡達英茉　イラスト:先崎真琴

リーセル・クロウは、恋人だったはずの王太子——ユリシーズによって処刑された。
それもこれも、性悪聖女に嵌められたせい。どこで、何を間違えたのだろう？
こんな人生は二度とごめんだ。薄れゆく意識の中でそう考えるリーセルだが、
気がついたら６歳の自分に戻っていた！　私、今度こそ間違えたりしない。
平穏な人生を送るんだ！　そう決意し、前回と違う道を選び続けるが——